초등학생 영어 단어 학습을 위한

쉽고 재미있는
영어 수수께끼

Easy and Fun English Riddles

김 완 수 지음

해피 & 북스

들어가는 말

어린이든 어른이든, 영어 초보자들 누구에게나 부담이 되는 것은 단어 암기다. 그런데 단어 학습자들이 공통적으로 느끼는 가장 큰 애로는 재미가 없고 쉽게 잊어버린다는 것이다. 특히 어린이들은 재미가 없으면 쉽게 싫증을 느끼기 때문에, 영어 공부를 꾸준히 하기가 힘들다.

스마트 폰 게임에 중독되어 학습 의지가 약한 어린이들도 쉽고 재미있게 공부할 수 있는 단어 학습 책은 없을까? 이 책은 이런 점에 주안점을 두고 수수께끼 게임을 재미있게 하며 자연스럽게 듣기, 말하기, 읽기, 쓰기 능력과 동시에 어휘력을 효과적으로 배양할 수 있도록 개발된 학습서이다.

날마다 엄마(아빠)와 함께 적당량의 게임을 즐기며 꾸준히 공부하는 습관을 키워, 수수께끼를 영어로 서로 주고받는 수준까지 포기하지 않기를 바란다. 이 책 한 권을 마무리하면, 초등학교 필수 단어 능력을 확보할 수 있을 뿐만 아니라, 영어 학습의 4가지 기능, 듣기, 말하기, 읽기, 쓰기 능력을 골고루 향상시킬 수 있을 것이다.

지은이 김완수

이 책의 장점

첫째, 듣기 능력 향상에 효과적이다. 수수께끼 문제를 들으며 정답을 맞히는 게임이기 때문에, 어린이들이 호기심을 가지고 자발적으로 집중하게 된다. 따라서 정서가 산만한 어린이조차도 듣기 능력 향상은 물론 집중력 향상에도 효과적이다.

둘째, 유추 능력 향상에 효과적이다. 유추하는 능력은 원어민의 빠른 말을 듣고 핵심 요지를 파악하는데 무엇보다도 중요한 능력이다. 핵심적인 단어나 어구를 들으며 말의 요지를 유추하는 가운데 정답을 맞히는 과정을 통해 유추하는 능력이 향상된다.

셋째, 단어 능력 향상에 효과적이다. 수수께끼 정답의 단어를 설명해주는 문장들을 들으며 관련된 여러 단어를 동시에 습득하게 된다. 이 방법은 어린이들에게 영영사전을 통해 단어를 공부하는 효과와 습관을 길러주게 된다.

넷째, 쓰기 능력 향상에 효과적이다. 수수께끼 예문에 사용된 문장들과 유사하게 제시된 영작 연습 문제들을 풀다 보면, 쓰기 능력이 향상된다.

다섯째, 읽기 능력 향상에 효과적이다. 수수께끼 문제를 듣고 정답을 확인한 후, 책을 펴고 문장들을 읽으면서 들을 때 놓쳤던 부분까지 이해하는 가운데 독해 능력이 향상된다.

여섯째, 말하기 능력 향상에 효과적이다. 수수께끼 문제를 푸는데 조금 익숙해진 후, 엄마(아빠)나 친구들과 즉석에서 각자 만들어낸 수수께끼 게임을 영어로 주고받으면, 말하기 능력 향상에 큰 효과를 볼 것이다.

이 책의 활용법

첫째, 엄마(아빠)와 함께 마주 앉아 공부를 시작한다. 이때 엄마는 책을 덮고, 음원으로 한 문제를 들려준다. 아이가 'stop'을 외치면, 엄마는 'play'를 멈추고 아이의 답을 들어본다. 정답을 맞히면 칭찬을 해주거나 보상 스티커를 준다. 정답이 틀리면, 'play'를 계속한다. 만약 한번 다 들었는데도 정답을 못 맞히면 반복하여 들려준다. 그래도 못 맞히면 〈단어정리〉에서 몇 개의 단어 뜻을 알려주고 다시 들려준다. 엄마가 영어 발음이 좋으면 한 문장씩 읽어주며 아이가 정답을 맞히도록 해도 좋다.

둘째, 수수께끼 문제를 맞힌 다음에는, 아이가 그 밑에 있는 영작 문제의 정답을 말하도록 한다. 못 맞히는 문제는 엄마가 정답을 보고 도움을 준다.

셋째, 한번 학습할 문제의 분량을 다 풀어본 다음에는, 아이에게 공부한 문제 모두를 소리 내어 읽으며 완전히 이해하도록 하고, 모르는 단어는 외워서 마무리 짓도록 한다. 주의할 점은 조급하고 완벽히 학습을 시키려 스트레스를 주지 말고, 아이가 흥미를 잃지 않고 꾸준히 공부를 즐기도록 한다. 어학 실력 향상에는 상당한 시간이 필요하다는 것을 엄마가 결코 잊지 말아야 한다.

넷째, 날마다 일정 시간 동안 이와 같은 과정을 반복하며 공부하는 것을 아이와 함께 즐긴다. 한번 학습하는 분량은 아이의 성향에 따라 다르겠지만, 10개를 넘지 않도록 하여 지루함으로 집중력이 떨어지지 않도록 한다. 학교나 학원 선생님이 지도할 경우에는, 수업의 도입 부분에서 학습의 흥미를 돋우기 위해 5분 정도 활용하면 좋을 것이다.

01

 영어 수수께끼 정답 : 맨 뒷 페이지 [부록] 에 수록

> # I am a part of your face.
> # I can see everything.
> # Who am I ?

 단 어 정 리

part _ 부분
your _ 너의
face _ 얼굴
can _ ~을 할 수 있다
see _ 보다
everything _ 모든 것

韓 **수수께끼 한글 뜻**

> 나는 너의 얼굴의 한 부분이야.
> 나는 모든 것을 볼 수 있어.
> 나는 누구일까?

정답 : 맨 뒷 페이지 [부록] 에 수록

( ) 속에 들어갈 적합한 것을 [보기] 에서 골라 넣으시오.
[보기] can / everything / part / nose / play

1. 코는 너의 얼굴의 한 부분이다.

　A (　　) is a part of your face.

2. 나는 축구를 할 수 있다.

　I (　　) play soccer.

3. 나는 피아노를 칠 수 있다.

　I can (　　) the piano.

4. 돈이 모든 것은 아니다.

　Money is not (　　)

5. 귀는 너의 얼굴의 한 부분이다.

　An ear is a (　　) of your face.

02

This is a place to keep money.

People go there to save money.

What is this?

 단 어 정 리

this _ 이것
place _ 장소
keep _ 보관하다
money _ 돈
people _ 사람들
there _ 거기에
save _ 저축하다

韓 수수께끼 한글 뜻

이것은 돈을 보관하는 곳이야.
사람들은 돈을 저축하러 그것에 간다.
이것은 무엇일까?

연 습 문 제 정답 : 맨 뒷 페이지 [부록] 에 수록

( ) 속에 들어갈 적합한 것을 [보기] 에서 골라 넣으시오.
(같은 답이 두 개 이상일 수도 있음)
[보기] place / play / swim / to

1. 이곳은 빵을 사는 곳이다.

This is a place ( ) buy bread.

2. 이곳은 과일을 파는 곳이다.

This is a ( ) to sell fruit.

3. 이곳은 축구를 하는 곳이다.

This is a place to ( ) soccer.

4. 사람들은 노래를 하러 그곳에 간다.

People go there ( ) sing.

5. 아이들은 수영을 하러 그곳에 간다.

Children go there to ( ).

03

영어 수수께끼 정답 : 맨 뒷 페이지 [부록] 에 수록

I am white.
I fall from the sky.
You can see me in winter.
Who am I?

단 어 정 리

white _ 흰(색)
fall _ 떨어지다
sky _ 하늘
see _ 보다
me _ 나에게, 나를
winter _ 겨울

韓 수수께끼 한글 뜻

나는 흰색이야.
나는 하늘에서 떨어져.
너는 나를 겨울에 볼 수 있어.
나는 누구일까?

연 습 문 제 정답 : 맨 뒷 페이지 [부록] 에 수록

( ) 속에 들어갈 적합한 것을 [보기] 에서 골라 넣으시오.
[보기] sky / white / winter / fall / falls / see

1. 눈은 흰색이다.

Snow is ( ).

2. 별들은 하늘에 있다.

Stars are in the ( ).

3. 우리는 봄에 꽃들을 볼 수 있다.

We can ( ) flowers in spring.

4. 겨울에 눈이 온다.

Snow comes ( ) winter.

5. 사과 한 개가 나무에서 떨어진다.

An apple ( ) from a tree.

04

> **I sleep a lot.**
> **I cannot walk or talk.**
> **I am a very young child.**
> **Who am I?**

 단 어 정 리

sleep _ 잠자다
a lot _ 많이
cannot _ ~할 수 없다
walk _ 걷다
talk _ 이야기하다
young _ 어린, 젊은
child _ 어린이

韓 수수께끼 한글 뜻

> 나는 잠을 많이 잔단다.
> 나는 걷거나 이야기할 수가 없어.
> 나는 매우 어린 아이야.
> 나는 누구일까?

연 습 문 제 정답 : 맨 뒷 페이지 [부록] 에 수록

( ) 속에 들어갈 적합한 것을 [보기] 에서 골라 넣으시오.
[보기] sleep / cannot / walk / talk / young / child

1. 나는 엄마와 자주 이야기를 한다.
   I often ( ) with my mother.

2. 그 여자는 지금 수영을 할 수 없다.
   She ( ) swim now.

3. 나는 밤에 잠을 잔다.
   I ( ) at night.

4. 그는 어린 소년이다.
   He is a ( ) boy.

5. 나는 걸어서 학교에 간다.
   I ( ) to school.

05

I am in the sky.
You can see me after rain.
I have seven colors.
Who am I?

단 어 정 리

rain _ 비

seven _ 일곱

color _ 색

韓 수수께끼 한글 뜻

나는 하늘에 있어.
너는 나를 비 온 뒤에 볼 수 있어.
나는 일곱 가지 색깔이 있어.
나는 누구일까?

연 습 문 제 정답 : 맨 뒷 페이지 [부록] 에 수록

( ) 속에 들어갈 적합한 것을 [보기] 에서 골라 넣으시오.
[보기] has / have / on / under / in

1. 나는 방 안에 있다.

I am ( ) the room.

2. 그것은 책상 위에 있다.

It is ( ) the desk.

3. 고양이 한 마리가 탁자 밑에 있다.

A cat is ( ) the table.

4. 나는 부모님이 계신다.

I ( ) parents.

5. 그는 컴퓨터가 있다.

He ( ) a computer.

06

? 영어 수수께끼 정답 : 맨 뒷 페이지 [부록] 에 수록

I am a fruit.
I am long.
I am yellow.
Who am I?

 단 어 정 리

fruit _ 과일

long _ 긴

yellow _ 노란

韓 수수께끼 한글 뜻

나는 과일이야.
나는 길어.
나는 노란색이야.
나는 누구일까?

연 습 문 제 정답 : 맨 뒷 페이지 [부록] 에 수록

( ) 속에 들어갈 적합한 것을 [보기] 에서 골라 넣으시오.
[보기] short / round / animal / tall / student

1. 나는 동물이다.

I am an ( ).

2. 그는 학생이다.

He is a ( ).

3. 나는 키가 작다.

I am ( ).

4. 그 남자는 키가 크다.

He is ( ).

5. 그것은 동그랗다.

It is ( ).

07

? 영어 수수께끼 정답 : 맨 뒷 페이지 [부록] 에 수록

> **It flies in the sky.**
> **It has wings like a bird.**
> **We take it when we travel.**
> **What is it?**

 단 어 정 리

fly _ 날다
wing _ 날개
like _ ~같은(처럼), 좋아하다
bird _ 새
we _ 우리(는)
take _ 타다
when _ ~할때,언제
travel _ 여행하다

韓 수수께끼 한글 뜻

> 그것은 하늘에서 날지.
> 그것은 새처럼 날개가 있어.
> 우리는 여행할 때 그것을 타지.
> 그것은 무엇일까?

연 습 문 제 정답 : 맨 뒷 페이지 [부록] 에 수록

( ) 속에 들어갈 적합한 것을 [보기] 에서 골라 넣으시오.
[보기] like / take / when

1. 나는 너 같은 남자 형제가 있다.
I have a brother ( ) you.

2. 눈이 오면 날씨가 춥다.
It is cold ( ) it snows.

3. 그는 바보처럼 말한다.
He speaks ( ) a fool.

4. 너는 언제 여기에 왔니?
( ) did you come here?

5. 학교에 갈 때 버스를 타라.
( ) a bus when you go to school.

08

I have four legs.
People sit down on me.
A desk is my friend.
Who am I?

 단 어 정 리

four _ 넷
leg _ 다리
people _ 사람들
sit down _ 앉다
desk _ 책상
my _ 나의
friend _ 친구

韓 수수께끼 한글 뜻

나는 다리가 네 개야.
사람들은 내 위에 앉지.
책상이 내 친구야.
나는 누구일까?

연 습 문 제 정답 : 맨 뒷 페이지 [부록] 에 수록

(   ) 속에 들어갈 적합한 것을 [보기] 에서 골라 넣으시오.
[보기] his / arms / her / legs / wings

1. 그것은 여섯 개의 다리가 있다.

It has six (   ).

2. 나는 팔이 두 개다.

I have two (   ).

3. 새들은 날개가 두 개다.

Birds have two (   ).

4. 컴퓨터는 그 남자의 친구다.

A computer is (   ) friend.

5. 텔레비전은 그 여자의 친구다.

A television is (   ) friend.

09

I am a kind of toy.
I look like a baby or a small child.
Babies or children like me very much.
Who am I?

 단 어 정 리

kind _ 종류, 친절한
a kind of _ 일종의
toy _ 장난감
look like _ ~처럼 생기다(보이다)
small _ 작은
child _ 어린이
children _ 어린이들

韓 **수수께끼 한글 뜻**

나는 장난감의 한 종류야.
나는 아기나 조그만 아이처럼 생겼어.
아기들이나 아이들은 나를 무척 좋아해.
나는 누구일까?

연 습 문 제 정답 : 맨 뒷 페이지 [부록] 에 수록

(   ) 속에 들어갈 적합한 것을 [보기] 에서 골라 넣으시오.
[보기] she / her / like / likes / kind

1. 사과는 일종의 과일이다.
An apple is a (   ) of fruit.

2. 나는 엄마처럼 생겼다.
  I look (   ) my mother.

3. 나는 그 여자를 좋아한다.
  I like (   ).

4. 나의 어머니는 나를 무척 좋아한다.
  My mother (   ) me very much.

5. 그 소녀는 친절하다.
  The girl is (   ).

10

This is an animal.
This has wings.
This can fly in the sky.
What is this?

 단 어 정 리

this _ 이것(은)

animal _ 동물

fly _ 날다

韓 수수께끼 한글 뜻

이것은 동물이야.
이것은 날개가 있어.
이것은 하늘에서 날 수 있어.
이것은 무엇일까?

연 습 문 제 정답 : 맨 뒷 페이지 [부록] 에 수록

( ) 속에 들어갈 적합한 것을 [보기] 에서 골라 넣으시오.
[보기] swim / ears / plant / neck / run

1. 이것은 식물이다.
This is a ( ).

2. 그는 달릴 수 있다.
He can ( ).

3. 그들은 강에서 수영할 수 있다.
They can ( ) in the river.

4. 저것은 목이 길다.
That has a long ( ).

5. 그 여자는 귀가 크다.
She has big ( ).

11

? **영어 수수께끼** 정답 : 맨 뒷 페이지 [부록] 에 수록

It is very small.
You can wear it.
It says what time it is.
What is it?

 단 어 정 리

wear _ 입다, 착용하다

say _ 말하다

what time _ 몇 시

韓 수수께끼 한글 뜻

그것은 아주 작아.
너는 그것을 착용할 수 있어.
그것은 몇 시인지 말해주지.
그것은 무엇일까?

연습문제 정답 : 맨 뒷 페이지 [부록] 에 수록

( ) 속에 들어갈 적합한 것을 [보기] 에서 골라 넣으시오.
[보기] big / wear / say / tall / small

1. 생쥐는 몸이 작다.
   A mouse is ( ).

2. 코끼리는 몸이 크다.
   An elephant is ( ).

3. 그 남자는 키가 크다.
   The man is ( ).

4. 나는 안경을 쓴다.
   I ( ) glasses.

5. 이것이 무엇인지 말해봐라.
   ( ) what this is.

12

 영어 수수께끼 정답 : 맨 뒷 페이지 [부록] 에 수록

It is made of paper.
There are words and pictures in it.
You can read it.
What is it?

 단 어 정 리

make _ 만들다
be made of _ ~로 만들어지다
paper _ 종이
there are _ ~이 있다(두 개 이상)
there is _ ~이 있다(한 개)
word _ 단어
picture _ 그림
read _ 읽다
wood _ 목재   stone _ 돌

韓 수수께끼 한글 뜻

그것은 종이로 만들어진다.
그것 안에는 단어들과 그림들이 있어.
너는 그것을 읽을 수 있어.
그것은 무엇일까?

연 습 문 제   정답 : 맨 뒷 페이지 [부록] 에 수록

( ) 속에 들어갈 적합한 것을 [보기] 에서 골라 넣으시오.
[보기] is / are / of / from / say / wood

1. 그것은 나무로 만들어진다.

It is made of ( ).

2. 식탁 위에 사과들이 있다.

There ( ) apples on the table.

3. 너는 그것을 말할 수 있다.

You can ( ) it.

4. 책상 위에 책이 한 권 있다.

There ( ) a book on the desk.

5. 그것은 돌로 만들어진다.

It is made ( ) stone.

13

? 영어 수수께끼 정답 : 맨 뒷 페이지 [부록] 에 수록

I can jump.
I have strong back legs.
The baby is in my pocket.
Who am I?

 단 어 정 리

jump _ 펄쩍 뛰다

strong _ 힘센, 강한

pocket _ 주머니

韓 수수께끼 한글 뜻

나는 펄쩍 뛸 수 있어.
나는 힘센 뒷다리가 있어.
아기는 내 주머니에 있지.
나는 누구일까?

연 습 문 제 정답 : 맨 뒷 페이지 [부록] 에 수록

( ) 속에 들어갈 적합한 것을 [보기] 에서 골라 넣으시오.
[보기] candy / ride / his / can / coin / arms

1. 나는 수영을 할 줄 안다.

I ( ) swim.

2. 나는 자전거를 탈 수 있다.

I can ( ) a bicycle.

3. 그는 힘센 두 팔이 있다.

He has two strong ( ).

4. 사탕 한 개가 내 주머니 안에 있다.

A ( ) is in ( ) pocket.

5. 그의 주머니에는 동전이 한 개 있다.

A ( ) is in ( ) pocket.

? 영어 수수께끼 정답 : 맨 뒷 페이지 [부록] 에 수록

It is an animal.
It has long arms and a long tail.
Its face looks like a person's face.
What is it?

단 어 정 리

arm _ 팔

tail _ 꼬리

its _ 그것의

face _ 얼굴

person _ 사람

韓 수수께끼 한글 뜻

그것은 동물이야.
그것은 긴 팔과 긴 꼬리가 있어.
그것의 얼굴은 사람의 얼굴처럼 생겼어.
그것은 무엇일까?

연습문제 정답 : 맨 뒷 페이지 [부록] 에 수록

( ) 속에 들어갈 적합한 것을 [보기] 에서 골라 넣으시오.
[보기] long / looks / like / short

1. 그것은 긴 목이 있다.

It has a ( ) neck.

2. 그것은 짧은 다리가 있다.

It has ( ) legs.

3. 그것의 얼굴은 원숭이 얼굴처럼 생겼다.

Its face looks ( ) a monkey's face.

4. 그것은 긴 팔과 짧은 꼬리가 있다.

It has ( ) arms and a ( ) tail.

5. 탐의 얼굴은 그의 엄마의 얼굴을 닮았다.

Tom's face is ( ) ( ) his mother's face.

15

 영어 수수께끼 정답 : 맨 뒷 페이지 [부록] 에 수록

It is a building.
People go there to pray.
People go there every Sunday.
What is it?

 단 어 정 리

building _ 건물

pray _ 기도하다

every _ 모든

every Sunday _ 일요일마다

韓 수수께끼 한글 뜻

그것은 건물이야.
사람들은 기도하러 그곳에 가지.
사람들은 일요일마다 그것에 가지.
그것은 무엇일까?

연 습 문 제   정답 : 맨 뒷 페이지 [부록] 에 수록

( ) 속에 들어갈 적합한 것을 [보기] 에서 골라 넣으시오.
[보기] swim / swims / go / goes / to / every / play / plays

1. 사람들은 노래하러 그곳에 간다.
   People go there (   ) sing.

2. 나는 야구를 하러 그곳에 간다.
   I go there to (   ) baseball.

3. 그는 수영하러 그곳에 간다.
   He goes there to (   ).

4. 그 여자는 피아노를 치러 그곳에 간다.
   She (   ) there (   ) play the piano.

5. 사람들은 일요일마다 교회에 간다.
   People go to church (   ) Sunday.

16

I have many colors.
I am a colored stick.
You use me to write or draw a picture.
Who am I?

 단 어 정 리

many _ (수가) 많은
much _ (양)이 많은
colored _ 채색된
stick _ 막대기,지팡이
use _ 사용하다
write _ 쓰다
draw _ 그리다
picture _ 그림,사진

韓 수수께끼 한글 뜻

나는 많은 색깔이 있어.
나는 색깔이 있는 막대야.
너는 글씨를 쓰거나 그림을 그리기 위해 나를 사용하지.
나는 누구일까?

정답 : 맨 뒷 페이지 [부록] 에 수록

( ) 속에 들어갈 적합한 것을 [보기] 에서 골라 넣으시오.
[보기] use / many / to / much

1. 나는 책이 많이 있다.

I have ( ) books.

2. 나는 편지를 쓰기 위해 연필을 사용한다.

I ( ) a pencil to write a letter.

3. 그는 돈이 많다.

He has ( ) money.

4. 나는 친구가 많다.

I have ( ) friends.

5. 나는 친구와 이야기를 하기 위해 전화를 사용한다.

I ( ) a telephone ( ) talk to my friend.

17

정답 : 맨 뒷 페이지 [부록] 에 수록

? 영어 수수께끼

It is a room.
Many of them have a stove, refrigerator,
and sink in them.
People cook food there.
What is it?

 단 어 정 리

room _ 방

many _ 많은, 많은 것(사람)

stove _ 난로

sink _ 싱크대

refrigerator _ 냉장고

韓 수수께끼 한글 뜻

그것은 방이야.
그들 중 많은 것은 그 안에 난로, 냉장고와 싱크대가 있어.
사람들은 그곳에서 음식을 요리해.
그것은 무엇일까?

정답 : 맨 뒷 페이지 [부록] 에 수록

( ) 속에 들어갈 적합한 것을 [보기] 에서 골라 넣으시오.
[보기] one / has / two / have / many

1. 그들 중 한 사람은 키가 크다.
   ( ) of them is tall.

2. 우리 중 많은 사람들은 건강하다.
   ( ) of us are healthy.

3. 그들 중 두 사람은 정직하지 않다.
   ( ) of them are not honest.

4. 우리 중 많은 사람들은 부모님이 계시다.
   Many of us ( ) parents.

5. 그들 중 한 사람은 집이 없다.
   One of them ( ) no house.

18

영어 수수께끼 정답 : 맨 뒷 페이지 [부록] 에 수록

We can see a lot of students there.
It is a place where books are kept.
People borrow books from it.
What is it?

 단 어 정 리

a lot of _ 많은

place _ 장소

keep _ 보관하다, 간직하다

kept _ keep의 과거

borrow _ 빌리다

韓 수수께끼 한글 뜻

우리는 거기서 많은 학생을 볼 수 있어.
그것은 책들이 보관되는 곳이야.
사람들은 그것으로부터 책을 빌리지.
그것은 무엇일까?

정답 : 맨 뒷 페이지 [부록] 에 수록

( ) 속에 들어갈 적합한 것을 [보기] 에서 골라 넣으시오.
[보기] when / where / a lot of / from / by

1. 그곳은 우리가 자주 만나는 곳이다.

It's a place ( ) we often meet.

2. 나는 많은 책을 가지고 있다.

I have ( ) books.

3. 이곳은 내가 사는 곳이다.

This is the house ( ) I live.

4. 나는 그로부터 연필 한 자루를 빌렸다.

I borrowed a pencil ( ) him.

5. 오늘은 그가 태어난 날이다.

Today is the day ( ) he was born.

19

It is a picture.
It shows you where places are.
It can show countries, towns,
oceans, rivers, and roads.
What is it?

 단 어 정 리

picture _ 그림, 사진
show _ 보여주다
where _ 어디에
place _ 장소
country _ 나라
town _ 소도시
ocean _ 바다(대양)
river _ 강   **road** _ 도로

韓 수수께끼 한글 뜻

그것은 그림(사진)이야.
그것은 너에게 장소들이 어디에 있는지 보여주지.
그것은 나라들, 소도시들, 들, 강들과 도로들을 보여줄 수
있어. 그것은 무엇일까?

정답 : 맨 뒷 페이지 [부록] 에 수록

(   ) 속에 들어갈 적합한 것을 [보기] 에서 골라 넣으시오.
[보기] what / who / where / show / showed

1. 그것이 어디에 있는지 말해줄 수 있니?

Can you tell me (   ) it is?

2. 나는 그것이 무엇인지 안다.

I know (   ) it is.

3. 다른 것을 보여줄 수 있나요?

Can you (   ) me another?

4. 그는 나에게 그의 사진들을 보여주었다.

He (   ) me his photos.

5. 나는 그가 누구인지 모른다.

I don't know (   ) he is.

20

정답 : 맨 뒷 페이지 [부록] 에 수록

 영어 수수께끼

I am made from paper or metal.
I am what you use to buy things.
People save me in a bank.
Who am I?

 단 어 정 리

be made of _ ～로 만들어지다(물리적인 변화가 일어나는 것, 나무로 책상을 만드는 것 등)

be made from _ ～로 만들어지다(화학적인 변화가 일어나는 것, 돈은 화학적 변화 생김, 포도로 포도주를 만드는 것 등)

metal _ 금속   **what** _ 무엇, ～하는 것

use _ 사용하다   **thing** _ 물건

save _ 저축하다   **bank** _ 은행

韓 수수께끼 한글 뜻

나는 종이나 금속으로 만들어진다.
나는 네가 물건을 사기 위해 사용하는 것이야.
사람들은 나를 은행에 저축하지.
나는 누구일까?

( ) 속에 들어갈 적합한 것을 [보기] 에서 골라 넣으시오.
[보기] of / what / from

1. 그 다리는 돌로 만들어져 있다.

The bridge is made ( ) stone.

2. 그가 말하는 것은 진실이다.

( ) he says is true.

3. 이 상자는 나무 제품이다.

This box is made ( ) wood.

4. 이 음식은 내가 좋아하는 것이다.

This food is ( ) I like.

5. 버터는 우유로 만들어진다.

Butter is made ( ) milk.

21

It is far away.
You can usually see it at night.
It is a big, bright light in the sky.
What is it?

 단 어 정 리

far _ 멀리
away _ 떨어져
can _ ～할 수 있다
usually _ 대개, 보통
bright _ 밝은, 영리한
light _ 빛

韓 수수께끼 한글 뜻

그것은 멀리 떨어져 있어.
너는 대개 그것을 밤에 볼 수 있어.
그것은 하늘에 있는 크고 밝은 빛이야.
그것은 무엇일까?

정답 : 맨 뒷 페이지 [부록] 에 수록

( ) 속에 들어갈 적합한 것을 [보기] 에서 골라 넣으시오.
[보기] away / can / far / bright / usually

1. 거리가 얼마나 머니?

How ( ) is it?

2. 그는 떠나가 버렸다.

He went ( ).

3. 나는 대개 아침에 일찍 일어난다.

I ( ) get up early in the morning.

4. 그 여자는 영리한 학생이다.

She is a ( ) student.

5. 너 수영할 줄 아니?

( ) you swim?

22

I am a piece of paper or cloth.

People wipe their faces and hands with me.

You use me when you eat.

Who am I?

 단 어 정 리

piece _ 조각
a piece of _ 한 조각(개)의
cloth _ 천
wipe _ 문질러 닦다
use _ 사용하다
when _ ~할 때, 언제
clean _ 깨끗한, 깨끗하게(청결하게)

韓 수수께끼 한글 뜻

나는 한 조각의 종이나 천이야.
사람들은 나를 가지고 얼굴과 손을 닦아.
너는 식사할 때 나를 사용하지
나는 누구일까?

연 습 문 제 정답 : 맨 뒷 페이지 [부록] 에 수록

( ) 속에 들어갈 적합한 것을 [보기] 에서 골라 넣으시오.
[보기] wipe / cake / piece / when

1. 그것은 한 조각의 빵이다.

It's a ( ) of bread.

2. 수건에 손을 닦아라.

( ) your hands on a towel.

3. 종이 한 장을 나에게 가져와라.

Bring me a ( ) of paper.

4. Don't talk too much ( ) you eat. (식사할 때)

5. 너의 신발을 깨끗이 닦아라.

( ) your shoes clean.

23

It is a machine.
It shows pictures and plays sounds.
You can watch the news, a movie, or a cartoon on it.
It has a lot of channels.
What is it?

 단 어 정 리

machine _ 기계
show _ 보여주다
picture _ 그림, 사진
sound _ 소리
cartoon _ 만화

韓 수수께끼 한글 뜻

그것은 기계야.
그것은 사진(그림)들을 보여주고 소리가 나와.
너는 그것에서 뉴스나 영화, 만화를 볼 수 있어.
그것은 많은 채널이 있어. 그것은 무엇일까?

연 습 문 제 정답 : 맨 뒷 페이지 [부록] 에 수록

( ) 속에 들어갈 적합한 것을 [보기] 에서 골라 넣으시오.
[보기] cartoon / singing / watching / shows / machine

1. 나는 TV에서 영화를 보고 있다.

I am ( ) a movie on TV.

2. 그것은 말하는 기계이다.

It is a saying ( ).

3. TV는 축구 게임을 보여준다.

TV ( ) a soccer game.

4. 나는 TV에서 만화 보는 것을 좋아한다.

I like watching a ( ) on TV.

5. 유명한 가수가 TV에서 노래를 하고 있다.

A famous singer is ( ) on TV.

24

 영어 수수께끼 정답 : 맨 뒷 페이지 [부록] 에 수록

It has four wheels and an engine.
It carries people and things from place to place.
It has seats to sit in and windows to look out of.
A lot of families in Korea have them.
What is it?

 단 어 정 리

wheel _ 바퀴
carry _ 운반하다
place _ 장소
from place to place _ 이곳저곳으로
seat _ 좌석
look out of _ ~을 내다보다

韓 수수께끼 한글 뜻

그것은 네 개의 바퀴와 한 개의 엔진이 있어.
그것은 사람들을 이곳저곳으로 운반해줘.
그것은 앉을 좌석과 밖을 볼 창문들이 있어.
한국의 많은 가정들은 그것들이 있어. 그것은 무엇일까?

연 습 문 제

정답 : 맨 뒷 페이지 [부록] 에 수록

( ) 속에 들어갈 적합한 것을 [보기] 에서 골라 넣으시오.
[보기] seats / legs / car / wheels / windows

1. 그것은 두 개의 바퀴가 있다.

It has two ( ).

2. 나는 두 개의 다리가 있다.

I have two ( ).

3. 나는 승용차가 없다.

I don't have a ( ).

4. 그의 집은 4개의 창문이 있다.

His house has four ( ).

5. 그 자동차는 5개의 좌석이 있다.

The car has five ( ).

25

? **영어 수수께끼** 정답 : 맨 뒷 페이지 [부록] 에 수록

I travel on oceans or big rivers.
I carry people or things.
I am a kind of large boat.
I have a captain.
Who am I?

 단 어 정 리

travel _ 여행하다
ocean _ 바다
river _ 강
carry _ 운반하다
thing _ 물건
large _ 큰
boat _ 배   **captain** _ 선장

韓 수수께끼 한글 뜻

나는 바다나 큰 강에서 여행을 해.
나는 사람들이나 물건들을 운반해.
나는 큰 배의 한 종류야.
나는 선장이 있지. 나는 누구일까?

연 습 문 제 정답 : 맨 뒷 페이지 [부록] 에 수록

(   ) 속에 들어갈 적합한 것을 [보기] 에서 골라 넣으시오.
[보기] carry / carries / train / bicycle / in / by

1. 그는 자전거를 타고 여행한다.
He travels by (   ).

2. 나는 기차로 여행한다.
I travel by (   ).

3. 그는 TV를 운반한다.
He (   ) TV.

4. 나의 아버지는 승용차를 타고 여행한다.
My father travels (   ) car.

5. 나는 그의 책들을 운반한다.
I (   ) his books.

26

정답 : 맨 뒷 페이지 [부록] 에 수록

? 영어 수수께끼

All the houses have me.
I am square.
I have a bell.
When you go out, you open me.
Who am I?

 단 어 정 리

all _ 모든
square _ 사각형
bell _ 종
when _ ～할 때, 언제
go out _ 외출하다
open _ 열다

韓 수수께끼 한글 뜻

모든 집엔 내가 있어.
나는 네모야.
나는 종이 있어.
네가 외출할 때, 너는 나를 열지. 나는 누구일까?

정답 : 맨 뒷 페이지 [부록] 에 수록

( ) 속에 들어갈 적합한 것을 [보기] 에서 골라 넣으시오.
[보기] close / open / when

1. 창문을 열어라.

( ) the window.

2. 출입문을 닫아라.

( ) the door.

3. 나는 집에 오면 문을 닫는다.

( ) I come home, I ( ) the door.

4. I close the door ( ) I go to bed.

5. When it is hot, I ( ) the window.

27

It is a tool for eating.
It has three or four sharp points.
You use it to pick up food.
It is different from a spoon or chopsticks.
What is it?

 단 어 정 리

tool _ 도구
eat _ 식사하다
sharp _ 날카로운
point _ 끝
pick up _ ～을 집다
different from _ ～과 다른
spoon _ 숟가락   **chopsticks** _ 젓가락

韓 수수께끼 한글 뜻

그것은 식사용 도구야.
그것은 세 개나 네 개의 뾰족한 끝이 있어.
너는 음식을 집기 위해 그것을 사용하지.
그것은 숟가락이나 젓가락과 달라. 그것은 무엇일까?

연 습 문 제 정답 : 맨 뒷 페이지 [부록] 에 수록

( ) 속에 들어갈 적합한 것을 [보기] 에서 골라 넣으시오.
[보기] from / for / differ / different / write / writing

1. 펜은 글씨를 쓰기 위한 도구이다.

A pen is a tool for ( ).

2. 그것은 이것과 다르다.

It is different ( ) this.

3. 그것은 노래를 부르기 위한 도구이다.

It is a tool ( ) singing.

4. 책은 공책과 다르다.

A book is ( ) from a notebook.

5. I am different ( ) you.

28

It is the day a person was born.
People usually invite their friends.
People remember this special day.
You can have a party on that day.
People eat a cake on this day. What is it?

 단 어 정 리

be born _ 태어나다
usually _ 보통, 대개
invite _ 초대하다
their _ 그들의
remember _ 기억하다
special _ 특별한
on that(this) day _ 그(이) 날
eat _ 먹다

韓 수수께끼 한글 뜻

그것은 사람이 태어난 날이야.
사람들은 대개 친구들을 초대하지. 사람들은 이 특별한 날
을 기억하지. 너는 그 날 파티를 열 수 있어.사람들은 이 날
케익을 먹어. 그것은 무엇일까?

연 습 문 제　정답 : 맨 뒷 페이지 [부록] 에 수록

(　) 속에 들어갈 적합한 것을 [보기] 에서 골라 넣으시오.
[보기]　was / were / remember / special / day / date

1. 그 날은 네가 태어난 날이다.
   It is the day you (　) born.

2. 그 날은 그 여자가 태어난 날이다.
   It is the day she (　) born.

3. 나는 이 특별한 음식을 기억한다.
   I remember this (　) food.

4. 그 날은 그의 어머니가 태어난 날이다.
   It is the (　) my mother was born.

5. 나는 너의 아버지를 기억한다.
   I (　) your father.

29

정답 : 맨 뒷 페이지 [부록] 에 수록

? 영어 수수께끼

It is white or gray.
It moves around.
You cannot touch it.
It is in the sky.
What is it?

 단 어 정 리

or _ 또는
gray _ 회색
move _ 움직이다, 이동하다
around _ 주위에, 여기저기에
cannnot _ ～할 수 없다
touch _ 만지다

韓 수수께끼 한글 뜻

그것은 흰색이나 회색이야.
그것은 여기저기로 이동한다.
너는 그것을 만질 수 없어.
그것은 하늘에 있어. 그것은 무엇일까?

연 습 문 제 정답 : 맨 뒷 페이지 [부록] 에 수록

( ) 속에 들어갈 적합한 것을 [보기] 에서 골라 넣으시오.
[보기] can / cannot / have / has / play

1. 너는 그것을 가질 수 없다.

You cannot ( ) it.

2. 나는 기타를 칠 줄 모른다.

I cannot ( ) the guitar.

3. 너는 지금 외출할 수 없다.

You ( ) go out now.

4. I cannot ( ) golf.

5. 나는 수영할 줄 안다.

I ( ) swim.

30

I am on the street.
I help the safety of people and cars.
When I am red, cars must stop.
I have three colors: red, yellow and green.
Who am I?

 단 어 정 리

street _ 길, 거리
help _ 돕다
safety _ 안전
car _ 자동차
must _ ~해야만 하다
stop _ 멈추다
green _ 녹색

韓 수수께끼 한글 뜻

나는 거리에 있어.
나는 사람들과 차들의 안전을 도와줘.
내가 빨간색일 때, 차들은 멈춰야만 해.
나는 세 가지 색이 있어. 빨강, 노랑, 녹색. 나는 누구일까?

연 습 문 제 정답 : 맨 뒷 페이지 [부록] 에 수록

(   ) 속에 들어갈 적합한 것을 [보기] 에서 골라 넣으시오.
[보기] green / blue / when / where / safety / help

1. 나는 노인들의 안전을 돕는다.

I help the (   ) of old people.

2. 내가 녹색이면, 자동차들이 달릴 수 있다.

When I am (   ), cars can run.

3. 내가 컴퓨터 게임을 할 때, 나는 즐겁습니다.

(   ) I play a computer game, I am happy.

4. Nurses (   ) sick people.

5. (   ) I am sad, I listen to music.

31

It has a plastic handle.
You use it after you eat.
It has a brush.
It cleans your teeth.
What is it?

 단 어 정 리

handle _ 손잡이
after _ ～후에
before _ ～전에
eat _ 식사하다
clean _ 깨끗하게 하다, 청소하다
brush _ 솔

韓 수수께끼 한글 뜻

그것은 플라스틱 손잡이가 있어.
너는 식사 후에 그것을 사용하지.
그것은 솔이 있어.
그것은 너의 이를 청소하지. 그것은 무엇일까?

정답 : 맨 뒷 페이지 [부록] 에 수록

( ) 속에 들어갈 적합한 것을 [보기] 에서 골라 넣으시오.
[보기] before / clean / cleans / after

1. 나는 숙제를 한 후에 잠자리에 든다.
   I go to bed ( ) I finish my homework.

2. 나는 식사를 하기 전에 손을 씻는다.
   I wash my hands ( ) I eat.

3. 그는 그의 방을 청소한다.
   He ( ) my room.

4. ( ) you have breakfast, go to school.

5. 너는 욕실을 청소할 수 있니?
   Can you ( ) the bathroom?

32

It is a season of the year.
Leaves changes color and fall from trees in it.
It comes after summer and before winter.
It is another word for autumn.
What is it?

 단 어 정 리

leaf _ 나뭇잎
leaves _ 나뭇잎들
change _ 바꾸다, 변화하다
another _ 또 다른, 다른
word _ 단어
autumn _ 가을(영국에서)

韓 수수께끼 한글 뜻

그것은 일 년 중 계절이야.
나뭇잎들은 그때 색이 변하고 나무에서 떨어지지.
그것은 여름 뒤에 있고 겨울 앞에 온다.
그것은 autumn의 다른 단어야.
그것은 무엇일까?

( ) 속에 들어갈 적합한 것을 [보기] 에서 골라 넣으시오.
[보기] after / spring / before / year / season

1. 봄은 연 중 한 계절이다.

Spring is a ( ) of the year.

2. 겨울은 가을 뒤에 그리고 봄 앞에 온다.

Winter comes ( ) Fall and before Spring.

3. 여름은 봄 뒤에 가을 앞에 온다.

Summer comes after Spring and ( ) Fall.

4. Fall is a season of the ( ).

5. ( ) comes after Winter and before Summer.

33

I help people get better.
I take care of sick people.
I work at hospitals and doctors' offices.
I usually wear a white cap and gown.
Who am I?

 단 어 정 리

get better _ 회복되다, 나아지다
take care of _ ～을 돌보다
sick _ 아픈
work _ 일하다
hospital _ 병원
office _ 사무실
usually _ 보통   wear _ 입다
cap _ 모자   gown _ 가운

韓 수수께끼 한글 뜻

나는 사람들이 건강이 회복되는 것을 도와줘.
나는 아픈 사람들은 돌봐주지.
나는 병원과 의사 사무실에서 일해.
나는 대개 흰색 모자와 가운을 착용하지. 나는 누구일까?

정답 : 맨 뒷 페이지 [부록] 에 수록

( ) 속에 들어갈 적합한 것을 [보기] 에서 골라 넣으시오.
[보기] care / wash / help / helps / clean / cleans

1. 나의 어머니는 내가 숙제하는 것을 도와준다.
   My mother ( ) me do my homework.

2. 나는 나의 동생이 그의 방 청소하는 것을 돕는다.
   I help my brother ( ) his room.

3. 나의 아버지는 노인들을 돌본다.
   My father takes ( ) of old people.

4. 나는 아버지가 세차하는 것을 돕는다.
   I help my father ( ) his car.

5. They take care ( ) children.

34

it is a piece of furniture.
It is made of wood or metal.
You usually put books or notebooks on it.
You sit at it to read or write.
What is it?

단 어 정 리

piece _ 조각
a piece of _ 한 개의
furniture _ 가구
wood _ 목재
metal _ 금속
sit _ 앉다
write _ 쓰다

韓 수수께끼 한글 뜻

그것은 하나의 가구야.
그것은 나무나 금속으로 만들어지지.
너는 대개 그 위에 책이나 공책을 두지.
너는 읽거나 쓰기 위해 그 앞에 앉지. 그것은 무엇일까?

연 습 문 제   정답 : 맨 뒷 페이지 [부록] 에 수록

( ) 속에 들어갈 적합한 것을 [보기] 에서 골라 넣으시오.
[보기]   cake / piece / paper / of

1. 그것은 종이 한 쪽지이다.

It's a piece of ( ).

2. 그것은 케이크 한 조각이다.

It's a piece of ( ).

3. 그것은 돌로 만들어진다.

It is made ( ) stone.

4. It's a ( ) of ice.

5. It is made ( ) metal.

35

It is round and hot.
It shines in the sky during the day.
It is a kind of star.
It gives the earth light and makes it warm.
What is it?

 단 어 정 리

hot _ 뜨거운
shine _ 빛나다
during _ ~동안
day _ 낮, 날
give _ 주다
earth _ 지구
light _ 빛   **make** _ 만들다, ~하게 하다
warm _ 따뜻한   **star** _ 별

韓 **수수께끼 한글 뜻**

그것은 둥글고 뜨거워.
그것은 낮 동안 하늘에서 빛나지.
그것은 일종의 별이야. 그것은 지구에 빛을 주고 지구를
따뜻하게 해. 그것은 무엇일까?

(   ) 속에 들어갈 적합한 것을 [보기] 에서 골라 넣으시오.
[보기] cold / give / gives / make / makes / food

1. 그것은 우리에게 음식을 준다.

It gives us (   ).

2. 나의 어머니는 나에게 사랑을 준다.

My mother (   ) me love.

3. 그것은 우리를 춥게 한다.

It makes us (   ).

4. 나의 어머니는 나를 행복하게 한다.

My mother (   ) me happy.

5. 그것은 우리에게 우유를 준다.

It (   ) us milk.

36

It is a building.
People live in it.
People keep their things inside it.
Dogs can live in it, too.
What is it?

 단 어 정 리

building _ 건물
live _ 살다
keep _ 보관하다
their _ 그들의
thing _ 물건
inside _ ~안쪽에
chicken _ 병아리, 닭
too _ 역시

韓 수수께끼 한글 뜻

그것은 건물이야.
사람들이 그것 안에 살아.
사람들은 그것 안쪽에 물건을 두지.
개들 역시 그것 안에 살 수 있어. 그것은 무엇일까?

연 습 문 제 정답 : 맨 뒷 페이지 [부록] 에 수록

( ) 속에 들어갈 적합한 것을 [보기] 에서 골라 넣으시오.
[보기] keep / keeps / live / lives / river

1. 나는 서울에 산다.

   I ( ) in Seoul.

2. 물고기들은 강에 산다.

   Fish live in the ( ).

3. 그는 돈을 은행에 보관한다.

   He ( ) his money at the bank.

4. 그는 부산에 산다.

   He ( ) in Busan.

5. 사람들은 우유를 냉장고에 보관한다.

   People ( ) milk in the refrigerator.

37

? 영어 수수께끼 정답 : 맨 뒷 페이지 [부록] 에 수록

It is useful to students.
Most students have it in their pencil case.
It clears away pencil marks.
It is made of rubber.
What is it?

 단 어 정 리

useful _ 쓸모 있는, 유용한
most _ 대부분의
student _ 학생
pencil case _ 필통
clear away _ 없애주다, 제거하다
rubber _ 고무

韓 수수께끼 한글 뜻

그것은 학생들에게 유용해.
대부분의 학생들은 필통에 그것이 있어.
그것은 연필 자국을 지우지.
그것은 고무로 만들어지지. 그것은 무엇일까?

정답 : 맨 뒷 페이지 [부록] 에 수록

( ) 속에 들어갈 적합한 것을 [보기] 에서 골라 넣으시오.
(답이 두 개 이상인 것도 있음)
[보기] air / to / is / useful / food

1. 책들은 학생들에게 유용하다.

Books are useful ( ) students.

2. 물은 사람들에게 유용하다.

Water is ( ) to People.

3. 음식은 사람들에게 유용하다.

( ) is useful to people.

4. 공기는 사람들에게 유용하다.

( ) is useful to people.

5. 컴퓨터는 학생들에게 유용하다.

A computer ( ) useful to students.

38

? 영어 수수께끼 정답 : 맨 뒷 페이지 [부록] 에 수록

It is a machine for talking to people.
We can listen or talk through it.
We can see it in the house.
It is bigger than a cell phone.
What is it?

 단 어 정 리

machine _ 기계
talk _ 대화하다
listen _ 잘 듣다
through _ ~ 를 통해서
bigger _ 더 큰
than _ ~보다
cell phone _ 휴대전화

韓 수수께끼 한글 뜻

그것은 사람과 대화하는 기계야.
우리는 그것을 통해 듣거나 대화할 수 있어.
우리는 집에서 그것을 볼 수 있어.
그것은 휴대폰보다 더 크지. 그것은 무엇일까?

연 습 문 제

정답 : 맨 뒷 페이지 [부록] 에 수록

( ) 속에 들어갈 적합한 것을 [보기] 에서 골라 넣으시오.
[보기]   machine / for / than / see / seeing

1. 그것은 작은 물건들을 보기 위한 기계이다.
   It is a machine for ( ) small things.

2. 개는 고양이보다 크다.
   A dog is bigger ( ) a cat.

3. 그것은 게임을 하기 위한 기계이다.
   It is a ( ) for playing games.

4. A tiger is bigger ( ) a dog.

5. It is a machine ( ) singing.

39

It is a place to rest.
It is soft and warm.
We usually see it at night.
We lie down on it and go to sleep.
What is it?

 단 어 정 리

place _ 장소
rest _ 휴식, 휴식하다
soft _ 부드러운
warm _ 따뜻한
at night _ 밤에
lie down _ 눕다
sleep _ 자다   go to sleep _ 잠들다

韓 수수께끼 한글 뜻

그것은 휴식하는 곳이야.
그것은 부드럽고 따뜻해.
우리는 대개 밤에 그것을 봐.
우리는 그것 위에 눕고 잠들지. 그것은 무엇일까?

연 습 문 제 정답 : 맨 뒷 페이지 [부록] 에 수록

(   ) 속에 들어갈 적합한 것을 [보기] 에서 골라 넣으시오.
[보기]   to / play / eat / place

1. 그곳은 식사를 하는 곳이다.

It is a place to (   ).

2. 그곳은 컴퓨터 게임을 하는 곳이다.

It is a place (   ) play computer games.

3. 그곳은 공부를 하는 곳이다.

It is a (   ) to study.

4. It is a place (   ) sing.

5. It is a place to (   ) soccer.

40

I am red.
I usually stand on the street.
I enjoy eating letters.
My best friend is a mailman.
Who am I?

 단 어 정 리

stand _ 서다
enjoy _ 즐기다
letter _ 편지
best _ 가장 좋은
mailman _ 우체부

韓 수수께끼 한글 뜻

나는 빨간색이야.
나는 대개 거리에 서 있어.
나는 편지 먹는 걸 즐기지.
나의 제일 친한 친구는 우편배달부야. 나는 누구일까?

연 습 문 제 정답 : 맨 뒷 페이지 [부록] 에 수록

( ) 속에 들어갈 적합한 것을 [보기] 에서 골라 넣으시오.
[보기] good / best / to watch / watching / enjoy
enjoys / food / to play / playing

1. 나는 텔레비전 보는 것을 즐긴다.

I enjoy ( ) television.

2. 그는 야구하는 것을 즐긴다.

He enjoys ( ) baseball.

3. 나의 가장 좋은 친구는 책이다.

My ( ) friend is a book.

4. 그 여자는 노래하는 것을 즐긴다.

She ( ) singing.

5. 나의 가장 좋아하는 친구는 음식이다.

My best friend is ( ).

41

It is a piece of clothing.
Some of them comes up to your knees.
It covers your foot.
You wear them under shoes.
What is it?

 단 어 정 리

clothing _ 의류
some _ 약간, 일부
up to _ ～까지
knee _ 무릎
cover _ 덮다
foot _ 발   wear _ 착용하다
under _ ～아래   shoes _ 신발

韓 수수께끼 한글 뜻

그것은 천 조각이야.
그것들 중 일부는 너의 무릎까지 오지.
그것은 너의 발을 덮어.
너는 신발 밑에 그것들은 착용하지. 그것은 무엇일까?

연 습 문 제 정답 : 맨 뒷 페이지 [부록] 에 수록

( ) 속에 들어갈 적합한 것을 [보기] 에서 골라 넣으시오.
[보기] wear / hands / cover / covers

1. 그것은 당신의 손을 덮습니다.
   It covers your ( ).

2. 그것은 창문을 덮습니다.
   It ( ) the window.

3. 나는 날씨가 추울 때 장갑을 낍니다.
   I ( ) gloves when it is cold.

4. Snow ( ) mountains.

5. Old people ( ) glasses.

42

It is a machine that plays sounds.
It doesn't have a screen.
It plays sounds such as music, news, sports,
or other programs. We can see it in the house
or in the car. What is it?

 단 어 정 리

sound _ 소리
screen _ 화면
such as _ ~과 같은
music _ 음악
other _ 다른
we _ 우리는   **house** _ 집
car _ 자동차

韓 수수께끼 한글 뜻

그것은 소리를 내는 기계야. 그것은 화면이 없어.
그것은 음악, 뉴스, 스포츠나 다른 프로그램의 소리가
나와. 우리는 그것을 집이나 차 안에서 볼 수 있어.
그것은 무엇일까?

정답 : 맨 뒷 페이지 [부록] 에 수록

( ) 속에 들어갈 적합한 것을 [보기] 에서 골라 넣으시오.
[보기]   have / don't / in / on / doesn't

1. 나는 차가 없다.

   I ( ) have a car.

2. 그는 아버지가 안 계신다.

   He ( ) have his father.

3. 나는 그것을 하늘에서 볼 수 있다.

   I can see it ( ) the sky.

4. 그것은 소리가 없다.

   It doesn't ( ) sound.

5. I can see it ( ) TV.

43

It is frozen water.
It is hard and cold.
Water freezes into it when it is cold.
People also make it in their refrigerator.
What is it?

 단 어 정 리

frozen _ 언
water _ 물
hard _ 딱딱한, 열심히
freeze into _ 얼어서 ~이 되다
also _ 또한
make _ 만들다
refrigerator _ 냉장고

韓 수수께끼 한글 뜻

그것은 얼은 물이야. 그것은 딱딱하고 차가워.
물은 차가울 때 얼어서 그것이 돼.
사람들은 또한 냉장고에서 그것을 만들어.
그것은 무엇일까?

(   ) 속에 들어갈 적합한 것을 [보기] 에서 골라 넣으시오.
[보기]   warm / hard / cold / soft / hot

1. 그것은 차가운 물이다.

It is (   ) water.

2. 그것은 뜨거운 물이다.

It is (   ) water.

3. 날씨가 따뜻하다.

It is (   ).

4. 그것은 부드럽다.

It is (   ).

5. 돌은 딱딱하다.

Stone is (   ).

44

? **영어 수수께끼** 정답 : 맨 뒷 페이지 [부록] 에 수록

It is a board.
You can ride it at the park.
It moves up and down.
Children sit at each end of it.
What is it?

단어정리

board _ 판자
ride _ 타다
park _ 공원
move _ 움직이다
up _ 위로
down _ 아래로
each _ 각각(의)   **end** _ 끝

韓 수수께끼 한글 뜻

그것은 널빤지야.
너는 그것을 공원에서 탈 수 있어.
그것은 위아래로 움직여.
아이들이 그것의 양 끝에 앉지. 그것은 무엇일까?

정답 : 맨 뒷 페이지 [부록] 에 수록

( ) 속에 들어갈 적합한 것을 [보기] 에서 골라 넣으시오.
[보기] move / ride / sit / bicycle / moves

1. 너는 공원에서 자전거를 탈 수 있다.
   You can ride a ( ) at the park.

2. 지구는 태양의 주위를 움직인다.
   The earth ( ) round the sun.

3. 꼼짝 마.
   Don't ( ).

4. 나는 말을 탈줄 안다.
   I can ( ) a horse.

5. 앉으세요.
   ( ) down, please.

45

I am an animal. I can run fast.
I can jump high. I have long and big ears.
I live in the mountain.
I have red eyes.
Who am I?

 단 어 정 리

run _ 뛰다
fast _ 빨리
high _ 높이
long _ 긴
ear _ 귀
eye _ 눈

韓 **수수께끼 한글 뜻**

나는 동물이야. 나는 빨리 뛸 수 있어.
나는 높이 점프할 수 있어. 나는 길고 큰 귀가 있어.
나는 산에 살아. 나는 빨간 눈이 있어.
나는 누구일까?

정답 : 맨 뒷 페이지 [부록] 에 수록

( ) 속에 들어갈 적합한 것을 [보기] 에서 골라 넣으시오.
[보기] blue / long / run / slowly / short / big

1. 그것은 느리게 움직인다.
It moves (   ).

2. 그것은 꼬리가 짧다.
It has a (   ) tail.

3. 그 남자는 눈이 파랗다.
He has (   ) eyes.

4. 자동차들은 빨리 달릴 수 있다.
Cars can (   ) fast.

5. 그것은 길고 큰 코가 있다.
It has a (   ) and (   ) nose.

46

It covers your head.
It keeps your head from getting hurt.
You wear it when you play sports or ride a bicycle.
It's a hard hat.
What is it?

 단 어 정 리

cover _ 덮다
keep _ 지키다
keep A from B _ A가 B하지 못하게 하다
get hurt _ 다치다
wear _ 착용하다   ride _ 타다
bicycle _ 자전거   hard _ 딱딱한

韓 수수께끼 한글 뜻

그것은 너의 머리를 덮지.
그것은 다치지 않도록 너의 머리를 지켜주지.
너는 스포츠를 하거나 자전거를 탈 때 그것을 착용해.
그것은 딱딱한 모자야. 그것은 무엇일까?

연 습 문 제 정답 : 맨 뒷 페이지 [부록] 에 수록

( ) 속에 들어갈 적합한 것을 [보기] 에서 골라 넣으시오.
[보기] wearing / putting / cover / from / to / hard / riding

1. 너의 코트로 잠자는 아기를 덮어줘라.

( ) a sleeping baby with your coat.

2. 나의 엄마는 나를 외출하지 못하게 했다.

My mother kept me ( ) going out.

3. 그는 안경을 쓰고 있다.

He is ( ) his glasses.

4. 나는 자전거 타는 것을 좋아한다.

I like ( ) a bicycle.

5. 돌맹이는 딱딱하다.

Stone is ( ).

47

? 영어 수수께끼 정답 : 맨 뒷 페이지 [부록] 에 수록

It is a toy for a windy day.
The wind makes it fly into the air.
They are made of paper or plastic, stick, and string.
You hold the string when you fly it.
What is it?

 단 어 정 리

toy _ 장난감
windy _ 바람이 부는
wind _ 바람
fly _ 날다
air _ 공기,공중
stick _ 막대기   **string** _ 줄,끈,실
be made of _ 로 만들어지다(원료나 재질 그대로인 변화)

韓 수수께끼 한글 뜻

그것은 바람 부는 날을 위한 장난감이야.
바람이 그것을 하늘에 날게 하지.
그것들은 종이나 플라스틱, 막대기와 줄(실)로 만들지.
너는 그것을 날릴 때 줄을 잡지. 그것은 무엇일까?

(   ) 속에 들어갈 적합한 것을 [보기] 에서 골라 넣으시오.

[보기]   make / makes / string / toy / of

1. 그것은 아기들을 위한 장난감이다.

It's a (   ) for babies.

2. 그는 나를 웃게 만든다.

He (   ) me laugh.

3. 컴퓨터 게임들은 나를 행복하게 한다.

Computer games (   ) me happy.

4. 그 책상은 나무로 만들어져 있다.

The desk is made (   ) wood.

5. 그 줄을 꼭 잡아라.

Hold the (   ) tightly.

48

 영어 수수께끼 정답 : 맨 뒷 페이지 [부록] 에 수록

It is a game or question without a clear answer.
Some of them are games with pieces that fit together.
Others are questions that make you think hard.
Trying to find the answer makes it fun.
What is it?

 단 어 정 리

question _ 질문,문제

without _ ~없이,없는   clear _ 분명한

answer _ 답   some _ 약간, 일부

piece _ 조각   fit _ 맞다,적합하다,적합한

together _ 함께   others _ 다른 것들, 다른 사람들

hard _ 열심히,단단히,세게   try to _ ~하려고 애쓰다

find _ 발견하다   fun _ 재미있는

韓 수수께끼 한글 뜻

그것은 분명한 답이 없는 게임이나 질문이야.
그것들 중 일부는 함께 맞추는 조각들을 가진 게임들이야.
다른 것들은 너를 힘들게 생각하게 하는 질문들이야.
답을 찾으려고 애쓰는 것이 그것을 재미있게 하지.
그것은 무엇일까?

(   ) 속에 들어갈 적합한 것을 [보기] 에서 골라 넣으시오.
[보기] try / without / fun / others / some

1. 그것은 창문이 없는 집이다.

It's a house (   ) windows.

2. 그 소년들 중 약간은 키가 크다.

(   ) of the boys are tall.

3. 다른 사람들은 키가 작다.

(   ) are short.

4. 공부를 열심히 하려고 노력하라.

(   ) to study hard.

5. 컴퓨터 게임은 나를 재미있게 한다.

Computer games make me (   ).

49

I am an animal.
I eat grass. I have a small head.
I have a very long neck and legs.
I am very tall.
Who am I?

 단 어 정 리

grass _ 풀
head _ 머리
neck _ 목
tall _ 키가 큰

韓 수수께끼 한글 뜻

나는 동물이야.
나는 풀을 먹어. 나는 머리가 작아.
나는 아주 긴 목과 다리가 있어.
나는 몹시 키가 커. 나는 누구일까?

( ) 속에 들어갈 적합한 것을 [보기] 에서 골라 넣으시오.
[보기]   small / tall / big / short / grass / long

1. 나는 머리가 크다.

   I have a (   ) head.

2. 나는 손이 작다.

   I have (   ) hands.

3. 그는 키가 작다.

   He is (   ).

4. 너의 어머니는 얼굴이 길다.

   My mother has a (   ) face.

5. 나의 개는 풀을 먹는다.

   My dog eats (   ).

50

I am small and colorful.
I can fly.
I have wings.I am a pretty insect.
I like flowers.
Who am I?

 단 어 정 리

colorful _ 다채로운

fly _ 날다

wing _ 날개

flower _ 꽃

insect _ 곤충

韓 수수께끼 한글 뜻

나는 작고 색이 다채로워.
나는 날 수 있어.
나는 날개가 있어. 나는 예쁜 곤충이야.
나는 꽃들을 좋아해. 나는 누구일까?

연 습 문 제 정답 : 맨 뒷 페이지 [부록] 에 수록

(   ) 속에 들어갈 적합한 것을 [보기] 에서 골라 넣으시오.
[보기] don't / doesn't / her / them / like

1. 나는 꽃을 좋아한다.
   I (   ) a flower.

2. 나는 뱀을 좋아하지 않는다.
   I (   ) like a snake.

3. 그 남자는 그 여자를 좋아한다.
   He likes (   ).

4. 그 여자는 고양이를 좋아하지 않는다.
   She (   ) like a cat.

5. 나는 그들을 좋아한다.
   I like (   ).

51

영어 수수께끼 정답 : 맨 뒷 페이지 [부록] 에 수록

I am soft and warm.
I have 5 parts. I have a lot of colors.
People need me in winter.
I keep your hand clean and warm.
Who am I?

단 어 정 리

part _ 부분
a lot of _ 많은
need _ 필요하다
keep _ 유지해주다
clean _ 깨끗한

韓 수수께끼 한글 뜻

나는 부드럽고 따뜻해. 나는 다섯 부분이 있어.
나는 많은 색이 있어. 사람들은 겨울에 내가 필요해.
나는 너의 손을 깨끗하고 따뜻하게 유지해주지.
나는 누구일까?

연 습 문 제 정답 : 맨 뒷 페이지 [부록] 에 수록

( ) 속에 들어갈 적합한 것을 [보기] 에서 골라 넣으시오.

[보기]   friend / friends / lot / keep / keeps / need

1. 나는 책이 많다.

I have a (   ) of books.

2. 나는 돈이 좀 필요하다.

I (   ) some money.

3. 그는 친구가 많다.

He has a lot of (   ).

4. 나는 친구가 필요하다.

I need a (   ).

5. 태양은 우리를 따뜻하게 유지해준다.

The sun (   ) us warm.

52

I am a special kind of glass.
I am flat. I have light.
You can see yourself in me.
Your mother watches me when she makes up.
Who am I?

 단 어 정 리

special _ 특별한
glass _ 유리
flat _ 평평한
light _ 빛
yourself _ 너 자신
watch _ 지켜보다, 시계
make up _ 화장하다

韓 수수께끼 한글 뜻

나는 특별한 종류의 유리야.
나는 평평해. 나는 빛이 있어.
너는 내 안에서 너를 볼 수 있어.
너의 어머니는 화장할 때 나를 봐. 나는 누구일까?

(   ) 속에 들어갈 적합한 것을 [보기] 에서 골라 넣으시오.

[보기]   myself / me / see / look / watch / yourself

1. 너 자신을 알아라.

    Know (   ).

2. 나는 나를 사랑한다.

    I love (   ).

3. 나는 텔레비전을 본다.

    I (   ) TV.

4. 저 건물을 보아라.

    (   ) at that building.

5. 나는 모든 것을 볼 수 있다.

    I can (   ) everything.

53

❓ 영어 수수께끼 정답 : 맨 뒷 페이지 [부록] 에 수록

I am in pairs.
Your feet and I must be the same size.
I protect your feet. I am made of rubber or leather.
Socks are my friend.
Who am I?

 단 어 정 리

pair_ 쌍, 켤레
feet _ 발(foot의 복수)
must _ ～해야만 하다
same _ 똑같은
size _ 크기   **protect _** 보호하다
rubber _ 고무   **leather _** 가죽
sock(s) _ 양말

韓 수수께끼 한글 뜻

나는 쌍으로 되어 있어. 너의 발과 나는 똑같은
크기여야만 해. 나는 너의 발을 보호하지.
나는 고무나 가죽으로 만들어져. 양말은 나의 친구야.
나는 누구일까?

연 습 문 제 정답 : 맨 뒷 페이지 [부록] 에 수록

( ) 속에 들어갈 적합한 것을 [보기] 에서 골라 넣으시오.
[보기] of / go / start / metal / will / must / protect

1. 나는 열심히 공부해야 한다.
I ( ) study hard.

2. 나의 부모님은 나를 보호해줍니다.
My parents ( ) me.

3. 그것은 나무로 만들어진다.
It is made ( ) wood.

4. 나는 지금 집에 가야만 한다.
I must ( ) home now.

5. 그것은 금속으로 만들어진다.
It is made of ( ).

54

It is a game.
Players use something flat to hit a ball.
The ball bounces over a net. The ball is small and
light. It is also called table tennis.
What is it?

 단 어 정 리

player _ 선수, 경기자
something _ 어떤 것
flat _ 평평한
bounce _ 튀다
over _ ~위로   **light** _ 가벼운
call _ 부르다   **table tennis** _ 탁구

韓 수수께끼 한글 뜻

그것은 게임이야. 경기자들은 공을 치기 위해 납작한
것을 사용해. 공은 네트 너머로 튀지.
공은 작고 가벼워. 그것은 또한 테이블 테니스라고도
부른다. 그것은 무엇일까?

연 습 문 제 정답 : 맨 뒷 페이지 [부록] 에 수록

( ) 속에 들어갈 적합한 것을 [보기] 에서 골라 넣으시오.
[보기] something / in / to / bathroom / use / drink

1. 나는 마실 것을 원한다.
  I want something to ( ).

2. 나는 뭔가 할 일이 있다.
  I have something ( ) do.

3. 너 먹을 것 좀 줄까?
  Do you want ( ) to eat?

4. 제가 전화 좀 사용해도 될까요?
  Can I ( ) your telephone?

5. 내가 욕실 좀 사용해도 될까요?
  Can I use your ( )?

55

? **영어 수수께끼** 정답 : 맨 뒷 페이지 [부록] 에 수록

Many people are afraid of me.
I am a long and thin animal.
I live in the mountain or the river.
I don't have legs. My tongue is long.
Who am I?

 단 어 정 리

afraid _ 무서운, 두려운
thin _ 가느다란
mountain _ 산
river _ 강
tongue _ 혀

韓 수수께끼 한글 뜻

많은 사람들은 나를 무서워 해.
나는 길고 가느다란 동물이야.
나는 산이나 강에 살아. 나는 다리가 없어.
나의 혀는 길어. 나는 누구일까?

( ) 속에 들어갈 적합한 것을 [보기] 에서 골라 넣으시오.
[보기] don't / of / tongue / afraid / have

1. 나는 호랑이를 무서워한다.
   I am afraid ( ) a tiger.

2. 사람들은 날개가 없다.
   People ( ) have wings.

3. 그 여자는 생쥐를 무서워한다.
   She is ( ) of a mouse.

4. 새들은 꼬리가 없다.
   Birds don't ( ) a tail.

5. 그의 혀는 짧다.
   His ( ) is short.

56

It is a sweet food. It is a sticky liquid.
People pour it on bread and other foods.
People get it from bee hives.
Bees make it.
What is it?

 단 어 정 리

sweet _ 단
sour _ 신
salty _ 짠
sticky _ 끈끈한   **liquid** _ 액체
pour _ 따르다, 붓다   **other** _ 다른
get _ 얻다   **from** _ ~로부터
bee _ 벌   **hive** _ 벌통

韓 수수께끼 한글 뜻

그것은 달콤한 음식이야. 그것은 끈끈한 액체지.
사람들은 빵과 다른 음식들에 그것을 따르지.
사람들은 벌통에서 그것을 얻지.
벌들이 그것을 만들어. 그것은 무엇일까?

연 습 문 제 정답 : 맨 뒷 페이지 [부록] 에 수록

( ) 속에 들어갈 적합한 것을 [보기] 에서 골라 넣으시오.
[보기] get / salty / to / from / sour / hot

1. 그 음식은 시다.
   The food is ( ).

2. 그것은 짠 음식이다.
   It is a ( ) food.

3. 그 음식은 뜨겁다.
   The food is ( ).

4. 사람들은 우유를 암소로부터 얻는다.
   People ( ) milk from a cow.

5. 나는 그것을 책으로부터 얻는다.
   I get it ( ) a book.

57

I am green or brown.
I have big eyes.
I live in water and on land.
I can jump well. I sing when it rains.
Who am I?

 단 어 정 리

green _ 녹색
brown _ 갈색
land _ 땅
well _ 잘
rain _ 비가 내리다

韓 수수께끼 한글 뜻

나는 녹색이나 갈색이야. 나는 눈이 커.
나는 물속이나 땅 위에 살아. 나는 잘 점프할 수 있어.
나는 비가 올 때 노래해.
나는 누구일까?

연 습 문 제 정답 : 맨 뒷 페이지 [부록] 에 수록

( ) 속에 들어갈 적합한 것을 [보기] 에서 골라 넣으시오.
[보기] hot / run / stay / walk / when

1. 나는 잘 걸을 수 있다.
   I can ( ) well.

2. 그는 잘 뛸 수 있다.
   He can ( ) well.

3. 나는 바람이 불면 연을 날린다.
   I fly a kite ( ) it blows.

4. 나는 날이 더우면 수영을 한다.
   I swim when it is ( ).

5. 나는 날이 추우면 집에 있다.
   I ( ) home when it is cold.

58

I am white. I can be red, brown or yellow.
Babies like me but some people don't like me.
You can drink me.
A farmer gets me from a cow.
Who am I?

 단 어 정 리

brown _ 갈색
baby _ 아기
some _ 일부의, 약간의
farmer _ 농부
cow _ 암소

韓 수수께끼 한글 뜻

나는 흰색이야. 나는 빨간색이나 갈색, 노란색이 될 수
있어. 아기들은 나를 좋아하지만 약간의 사람들은 나
를 좋아하지 않아. 너는 나를 마실 수 있어.
농부가 암소에서 나를 얻지.

연 습 문 제 정답 : 맨 뒷 페이지 [부록] 에 수록

( ) 속에 들어갈 적합한 것을 [보기] 에서 골라 넣으시오.

[보기] don't / him / he / doesn't / but / me / I

1. 나는 그 남자를 좋아한다.

I like ( ).

2. 그 여자는 나를 좋아하지 않는다.

She doesn't like ( ).

3. 나는 김치를 좋아하지 않는다.

I ( ) like Kimchi.

4. 나의 엄마는 축구를 좋아하지 않는다.

My mother ( ) like soccer.

5. 나는 스포츠를 좋아하지만
그 여자는 스포츠를 좋아하지 않는다.

I like sports, ( ) she doesn't like them.

59

It is a small animal.
It has eight legs. Insects are its food.
It doesn't have wings.
It makes a sticky web.
What is it?

 단 어 정 리

insect _ 곤충
food _ 먹이, 음식
sticky _ 끈끈한
web _ 거미줄

韓 수수께끼 한글 뜻

그것은 작은 동물이야.
그것은 다리가 여덟 개야. 곤충들이 그것의 먹이지.
그것은 날개가 없어. 그것은 끈끈한 거미줄을 만들어.
그것은 무엇일까?

연 습 문 제 정답 : 맨 뒷 페이지 [부록] 에 수록

( ) 속에 들어갈 적합한 것을 [보기] 에서 골라 넣으시오.
[보기] four / wings / doesn't / arms / feet

1. 그것은 팔이 두 개다.
It has two ( ).

2. 새들은 날개가 두 개다.
Birds have two ( ).

3. 그것은 다리가 네 개다.
It has ( ) legs.

4. 그 동물은 발이 여섯 개다.
The animal has six ( ).

5. 그것은 손이 없다.
It ( ) have hands.

60

 영어 수수께끼   정답 : 맨 뒷 페이지 [부록] 에 수록

It's a kind of food. We eat it every day.
Each piece of it is called a grain.
It's a white seed.
It gets soft when it is cooked.
What is it?

 단 어 정 리

every day _ 날마다
grain _ 곡물
seed _ 씨(앗)
soft _ 부드러운
cook _ 요리하다

韓 수수께끼 한글 뜻

그것은 일종의 음식이야. 우리는 날마다 그것을 먹어.
그것의 각각의 조각은 곡물이라 부르지.
그것은 흰색 씨야.
그것은 요리되면 부드러워져. 그것은 무엇일까?

(   ) 속에 들어갈 적합한 것을 [보기] 에서 골라 넣으시오.
[보기]   by / he / fruit / rice / him / juice

1. 나는 쌀밥을 날마다 먹는다.

   I eat (   ) every day.

2. 나는 말마다 주스를 마신다.

   I drink (   ) every day.

3. 그 여자는 과일을 날마다 먹는다.

   She eats (   ) every day.

4. 나는 부모님께 사랑을 받는다.

   I am loved (   ) parents.

5. 그 책은 그가 썼다.

   The book was written by (   ).

61

 영어 수수께끼 정답 : 맨 뒷 페이지 [부록] 에 수록

It's a sweet food. It is baked in an oven.
It's made of flour, sugar, eggs and milk.
We use candles with it on a birthday.
We eat it after blowing out the candles.
What is it?

 단 어 정 리

bake _ 굽다
oven _ 오븐, 솥   **flour** _ 밀가루
sugar _ 설탕   **egg** _ 달걀
candle _ 초   **birthday** _ 생일
blow out _ (불어) 끄다

韓 수수께끼 한글 뜻

그것은 달콤한 음식이야. 그것은 오븐에서 굽지.
그것은 밀가루, 설탕, 달걀, 우유로 만들어져.
우리는 생일날 그것과 함께 촛불을 사용해.
우리는 촛불을 끈 후에 그것을 먹어. 그것은 무엇일까?

정답 : 맨 뒷 페이지 [부록] 에 수록

( ) 속에 들어갈 적합한 것을 [보기] 에서 골라 넣으시오.

[보기] called / spoken / Korea / Korean / built / seen

---

1. 영어는 미국에서 사용된다.

English is ( ) in America.

2. 한국어는 한국에서 사용된다.

( ) is spoken in Korea.

3. 별들은 밤에 보인다.

Stars are ( ) at night.

4. 사람들은 그를 잔이라고 부른다.

He is ( ) John.

5. 그 집은 3년 전에 지어졌다.

The house was ( ) 3 years ago.

62

I have different shapes.
My form can be changed.
Clouds can cover me.
You can see me in the sky at night. I am yellow.
Who am I?

 단 어 정 리

different _ 다른
shape _ 모양
form _ 형태
at night _ 밤에
cloud _ 구름

韓 수수께끼 한글 뜻

나는 서로 다른 모양이 있어. 나의 형태는 변할 수 있어.
구름이 나를 덮을 수 있어.
너는 밤에 하늘에서 나를 볼 수 있어. 나는 노란색이야.
나는 누구일까?

연 습 문 제 정답 : 맨 뒷 페이지 [부록] 에 수록

( ) 속에 들어갈 적합한 것을 [보기] 에서 골라 넣으시오.
[보기] in / evening / night / be / see / change / changed

1. 그 색깔은 바뀔 수 있다.

   The color can be ( ).

2. 너는 나를 아침에 볼 수 있다.

   You can ( ) me in the morning.

3. 나의 헤어스타일은 바뀔 수 있다.

   My hair style can ( ) changed.

4. 나는 그것을 오후에 볼 수 있다.

   I can see it ( ) the evening.

5. 너는 그것을 저녁에 볼 수 있다.

   You can see it in the ( ).

63

? 영어 수수께끼 정답 : 맨 뒷 페이지 [부록] 에 수록

It is a kind of musical instrument. It has black and
white keys. The keys make sounds.
You play its keys with your fingers.
A person who plays it is called a pianist.
What is it?

 단 어 정 리

musical _ 음악의
instrument _ 도구
musical instrument _ 악기
key _ 건(반)
finger _ 손가락
person _ 사람

韓 수수께끼 한글 뜻

그것은 일종의 악기야. 그것은 검고 흰 건반이 있어.
건반은 소리를 내. 너는 손가락으로 그것의 건반을
연주해. 그것을 연주하는 사람은 피아니스트라 부르지.
그것은 무엇일까?

(　　) 속에 들어갈 적합한 단어를 쓰시오.

1. 그것은 일종의 과일이다.

It's a kind of (　　).

2. 그 개는 검은색과 흰색 바둑이다.

The dog is (　　) and white.

3. 바이올린은 악기이다.

A violin is a (　　) instrument.

4. 그것은 일종의 꽃이다.

It's a (　　) of flower.

5. 나는 피아노를 칠 줄 안다.

I can (　　) the piano.

64

It's a kind of food. It's made from milk.
It's cold and sweet.
It comes in many flavors.
You can eat it out of a dish or a cone.
What is it?

 단 어 정 리

be made from _ ~로 만들어지다(화학적인 변화가 있을 땐
from, 형태만 바뀌는 물적인 변화가 일어날 땐 of를 씀)
flavor _ 맛, 풍미
out of _ ~으로(부터)
dish _ 접시
cone _ 콘

韓 수수께끼 한글 뜻

그것은 일종의 음식이야. 그것은 우유로 만들어져.
그것은 차갑고 달콤해. 그것은 여러 가지 맛이 나와.
너는 접시나 콘으로 그것을 먹을 수 있어.
그것은 무엇일까?

(   ) 속에 들어갈 적합한 단어를 쓰시오.

1. 포도주는 포도로 만든다.

Wine is made (   ) grapes.

2. 그 집은 나무로 만들어졌다.

The house is made (   ) wood.

3. 그 다리는 돌로 만들어졌다.

The bridge is made (   ) stone.

4. 그것은 쇠로 만들어졌다.

It is made (   ) metal.

5. Yogurt is made (   ) milk.

65

 영어 수수께끼   정답 : 맨 뒷 페이지 [부록] 에 수록

It's a place. In it, you learn to read, write,
and many other things. You go to it to learn.
You learn things from a teacher in it.
When you are in it, you are called a student.
What is it?

 단 어 정 리

read _ 읽다
write _ 쓰다
learn _ 배우다
teacher _ 선생님
student _ 학생

韓 수수께끼 한글 뜻

그것은 장소야. 그것 안에서 너는 읽고, 쓰는 것과 많은
다른 것들을 배워. 너는 배우러 그것에 가지.
너는 그것 안에서 선생님으로부터 여러 가지를 배워.
네가 그것 안에 있을 때, 너는 학생이라 부르지.
그것은 무엇일까?

연 습 문 제   정답 : 맨 뒷 페이지 [부록] 에 수록

(   ) 속에 들어갈 적합한 단어를 쓰시오.

1. 나는 영어를 배운다.

  I (   ) English.

2. 그는 수학을 배운다.

  He learns (   ).

3. 나는 수영하는 것을 배운다.

  I learn to (   ).

4. 그 여자는 그것을 선생님으로부터 배운다.

  She (   ) it from a teacher.

5. 그는 노래하는 것을 가수로부터 배운다.

  He learns (   ) sing from a singer.

66

It's a food.
It's a thick liquid.
It's red. It's made from tomatoes.
People pour it on other foods, like hamburgers.
What is it?

 단 어 정 리

thick _ 진한

thin _ 옅은, 묽은

liquid _ 액체

pour _ 붓다, 따르다

韓 수수께끼 한글 뜻

그것은 음식이야.
그것은 진한 액체야. 그것은 빨간색이지.
그것은 토마토로 만들어져.
사람들은 햄버거처럼 다른 음식들에 그것을 따르지.
그것은 무엇일까?

(   ) 속에 들어갈 적합한 단어를 쓰시오.

1. 그것은 묽은 액체이다.

It is a (   ) liquid.

2. 그 수프는 진하다.

The soup is (   ).

3. 그 액체는 뜨겁다.

The (   ) is hot.

4. 치즈는 우유로 만들어진다.

Cheese is made (   ) milk.

5. 이 책상은 나무로 만들어졌다.

This desk is made (   ) wood.

67

It is wide and green. Many countries have it.
In summer, we usually go there with a family or
friends. It tastes salty.
It has a lot of water and fish.
What is it?

 단 어 정 리

wide _ 넓은

country _ 나라

usually _ 보통

taste _ ~맛이 나다

salty _ 짠

sweet _ 단

sour _ 신

韓 수수께끼 한글 뜻

그것은 넓고 녹색이야. 많은 나라들은 그것이 있어.
여름에 우리는 대개 가족이나 친구들과 함께 그곳에 가지.
그것은 짠맛이 나.
그것은 많은 물과 물고기들이 있어.
그것은 무엇일까?

(   ) 속에 들어갈 적합한 단어를 쓰시오.

1. 그것은 맛이 달다.

It tastes (   ).

2. 그것은 맛이 시다.

It tastes (   ).

3. 나는 친구가 많다.

I have a (   ) of friends.

4. 그는 돈이 많다.

He has (   ) money.

5. 그 여자는 책이 많다.

She has a lot of (   ).

68

It is a long, thin strip. It is made from leather, plastic or cloth.It has various colors or shapes.
It wraps around your waist.
It holds up your pants.
What is it?

단 어 정 리

thin _ 가느다란
strip _ 길고 가는 조각
leather _ 가죽
cloth _ 천
various _ 다양한   **shape** _ 모양
wrap _ 감싸다   **around** _ ～주변에, 둘레에
waist _ 허리   **hold up** _ 지지(지탱)하다
pants _ 바지

韓 수수께끼 한글 뜻

그것은 길고 가느다란 조각이야.
그것은 가죽이나 플라스틱, 천으로 만들어져.
그것은 다양한 색깔이나 모양이 있어.
그것은 너의 허리 주위를 감싸지.
그것은 바지를 지탱해줘. 그것은 무엇일까?

연 습 문 제 정답 : 맨 뒷 페이지 [부록] 에 수록

( ) 속에 들어갈 적합한 단어를 쓰시오.

1. 그것은 모양이 가늘다.

It has a ( ) shape.

2. 그것은 둥근 모양이다.

It has a ( ) shape.

3. 그 여자의 허리는 가늘다.

She has a thin(slender) ( ).

4. 그것은 색깔이 다양하다.

It has ( ) colors.

5. 그것은 모양이 정사각형이다.

It has a square ( ).

영어 수수께끼 _ 143

69

? **영어 수수께끼** 정답 : 맨 뒷 페이지 [부록] 에 수록

It is usually round. It's made of metal.
You can put it in a piggy bank.
It's a piece of money.
They are cents, nickels, dime, and quarters.
What is it?

 단 어 정 리

piggy _ 새끼돼지

piggy bank _ 돼지 저금통

cent _ 센트(100센트는 1달러)

nickel _ 니켈(5센트 동전)

dime _ 다임(10센트 은화)

quarter _ 쿼터(25센트 은화)

韓 수수께끼 한글 뜻

그것은 대개 둥글어. 그것은 금속으로 만들어져.
너는 돼지 저금통에 그것을 넣을 수 있어.
그것은 한 개의 돈이야.
그것들은 센트, 니켈, 다임, 쿼터야.
그것은 무엇일까?

(   ) 속에 들어갈 적합한 단어를 쓰시오.

1. 나는 돼지 저금통이 있다.

I have a (   ) bank.

2. 이것들은 3센트입니다.

These are 3 (   ).

3. 이것들은 두 개의 니켈 동전입니다.

These are 2 (   ).

4. 이 동전을 돼지 저금통에 넣어라.

Put this (   ) in a piggy bank.

5. 이것들은 다임 동전 3개입니다.

These are 3 (   ).

70

 영어 수수께끼 정답 : 맨 뒷 페이지 [부록] 에 수록

I have so many numbers.
I become new every year. I have twelve sections.
I tell you what date today is.
I am usually on the wall.
Who am I?

 단 어 정 리

so many _ 아주 많은
every year _ 해마다
section _ 부분, 지역
date _ 날짜
today _ 오늘
wall _ 벽

韓 수수께끼 한글 뜻

나는 매우 많은 숫자가 있어. 나는 해마다 새로워져.
나는 열두 부분이 있어.
나는 너에게 오늘이 며칠인지 말해줘.
나는 대개 벽 위에 있어.
나는 누구일까?

정답 : 맨 뒷 페이지 [부록] 에 수록

( ) 속에 들어갈 적합한 단어를 쓰시오.

1. 그것은 5개의 섹션으로 되어 있다.

It has 5 ( ).

2. 오늘은 며칠이니?

What's the ( ) today?

3. 오늘은 3월 10일이다.

Today is ( ) tenth.

4. 오늘은 무슨 요일이니?

What day is it ( )?

5. 오늘은 월요일이다.

It's ( ).

71

It holds foods. It holds drinks, too.
It opens on one end. It is made of metal.
Peanuts can come in it.
We can find it in the supermarket.
What is it?

 단 어 정 리

hold _ ~을 담고(갖고) 있다, 잡다
drink _ 음료
open _ 열다
end _ 끝
peanut _ 땅콩

韓 수수께끼 한글 뜻

그것은 음식들을 담아. 그것은 또한 음료를 담아.
그것은 한쪽 끝에서 열어. 그것은 금속으로 만들어져.
땅콩이 그것 안에 들어갈 수 있어.
우리는 슈퍼마켓에서 그것을 발견할 수 있지.
그것은 무엇일까?

(   ) 속에 들어갈 적합한 단어를 쓰시오.

1. 손에 펜을 잡아라.

(   ) a pen in your hand.

2. 이 캔에 오렌지 주스가 들어 있다.

This can (   ) orange juice.

3. 창문을 열어라.

(   ) the window.

4. 너의 책을 펴라.

(   ) your book.

5. 출입문을 열어라.

Open the (   ).

72

영어 수수께끼 정답 : 맨 뒷 페이지 [부록] 에 수록

It's a fruit. It's soft and juicy.
It's small and round.
It's purple or green.
It grows in bunches or vines.
What is it?

 단 어 정 리

juicy _ 즙이 많은
purple _ 자주색
grow _ 자라다, 재배하다
bunch _ 송이
vine _ 덩굴

韓 수수께끼 한글 뜻

그것은 과일이야. 그것은 부드럽고 즙이 많아.
그것은 작고 둥글어.
그것은 자주색이나 녹색이야.
그것은 송이나 덩굴에서 자라.
그것은 무엇일까?

연 습 문 제 정답 : 맨 뒷 페이지 [부록] 에 수록

( ) 속에 들어갈 적합한 단어를 쓰시오.

1. 그것은 즙이 많은 과일이다.
It is a ( ) fruit.

2. 너의 손은 매우 부드럽다.
Your hands are very ( ).

3. 그 과일은 자주색이다.
The fruit is ( ).

4. 그는 장미를 재배한다.
He ( ) roses.

5. 나는 인천에서 자랐다.
I ( ) up in Incheon.

73

It's pretty. It's very far away.
It looks small to us.
It has a bright light.
We can see it in the sky at night.
What is it?

 단어정리

pretty _ 예쁜
far away _ 멀리 떨어진
look _ 보이다
bright _ 밝은

韓 수수께끼 한글 뜻

그것은 예뻐. 그것은 매우 멀리 떨어져 있어.
그것은 우리에게 작게 보여.
그것은 밝은 빛이 있어.
우리는 밤에 하늘에서 그것을 볼 수 있지.
그것은 무엇일까?

(　　) 속에 들어갈 적합한 단어를 쓰시오.

1. 그것은 나의 집에서 멀리 떨어져 있다.

It's (　　) away from my house.

2. 그는 잘 생겨 보인다.

He looks (　　).

3. 나의 학교는 전철역에서 멀리 떨어져 있다.

My school is far (　　) from the subway station.

4. 그 여자는 예뻐 보인다.

She looks (　　).

5. 그것은 맛있게 보인다.

It (　　) delicious.

74

? **영어 수수께끼** 정답 : 맨 뒷 페이지 [부록] 에 수록

I am an animal. I have a hard shell.
I can hide inside my shell.
My neck is very short.
I am so slow.
Who am I?

 단 어 정 리

hard _ 딱딱한, 열심히
shell _ 껍질
hide _ 숨(기)다, 감추다
neck _ 목
slow _ 느린

韓 수수께끼 한글 뜻

나는 동물이야. 나는 껍질이 딱딱해.
나는 껍질 속에 숨을 수 있어.
나의 목은 아주 짧아.
나는 매우 느려.
나는 누구일까?

연 습 문 제 정답 : 맨 뒷 페이지 [부록] 에 수록

( ) 속에 들어갈 적합한 단어를 쓰시오.

1. 그것은 부드러운 껍질이 있다.

It has a ( ) shell.

2. 나는 종종 돈을 숨긴다.

I often ( ) money.

3. 나의 목은 길다.

My neck is ( ).

4. 나는 매우 빠르다.

I am very ( ).

5. 너의 감정을 숨기지 말라.

Don't ( ) your feelings.

75

You use it to wash and clean things.
It comes in bars, liquids or powders.
It has colors and perfumes. It can make bubbles.
It helps clean your hands and your clothes.
What is it?

 단 어 정 리

wash _ (물로) 씻다
clean _ ~을 깨끗이 하다, 청소하다
bar _ 막대기
liquid _ 액체
powder _ 가루
perfume _ 향기(수)
bubble _ 거품　　**clothes** _ 옷

韓 **수수께끼 한글 뜻**

너는 물건들은 씻고 깨끗이 하기 위해 그것을 사용해.
그것은 바나 액체, 가루로 나와. 그것은 색깔과 향기가 있어.
그것은 거품을 만들 수 있지.
그것은 너의 손과 옷을 깨끗이 하는 것을 도와줘.
그것은 무엇일까?

(   ) 속에 들어갈 적합한 단어를 쓰시오.

1. 나는 아침마다 손을 씻는다.

I (   ) my hands every morning.

2. 어디에서 손을 씻을 수 있나요?

(   ) can I wash my hands?

3. 나는 나의 방을 청소한다.

I (   ) my room.

4. 욕실 청소 좀 해줄 수 있니?

Can you clean the (   )?

5. 그것은 색깔이 없다.

It (   ) have colors.

76

정답 : 맨 뒷 페이지 [부록] 에 수록

영어 수수께끼

It is a tool people use. It is a heavy metal.
It has a handle and a flat side that gets hot.
People use it to make clothes smooth and flat.
It is very hot when people use it.
What is it?

단 어 정 리

tool _ 도구
heavy _ 무거운
handle _ 손잡이
flat _ 평평한
smooth _ 매끄러운

韓 수수께끼 한글 뜻

그것은 사람들이 사용하는 도구야. 그것은 무거운 금속이지.
그것은 손잡이가 있고 뜨거워지는 납작한 면이 있어.
사람들은 옷을 부드럽고 구김 없게 하려고 그것을 사용하지.
그것은 사람들이 그것을 사용할 때 몹시 뜨거워.
그것은 무엇일까?

정답 : 맨 뒷 페이지 [부록] 에 수록

( ) 속에 들어갈 적합한 단어를 쓰시오.

1. 그것은 청소하는 도구이다.

It's a ( ) to clean.

2. 내 가방은 무겁다.

My bag is ( ).

3. 우리 자동차는 손잡이가 있다.

Our car has a ( ).

4. 그것은 글씨를 쓰는 도구이다.

It's a tool ( ) write.

5. 이것은 표면이 매끄러운 종이다.

This is a ( ) paper.

77

It's a musical instrument. It's small.
You blow air through the holes in it.
Every hole makes a different sound.
You play it with your mouth.
What is it?

 단 어 정 리

musical instrument _ 악기
blow _ 불다
through _ ~를 통해서
hole _ 구멍
every _ 모든
different _ 서로 다른
make a sound _ 소리를 내다

韓 수수께끼 한글 뜻

그것은 악기야. 그것은 작아.
너는 그 안에 있는 구멍을 통해 공기를 불지.
모든 구멍은 다른 소리가 나지.
너는 그것을 입으로 연주해.
그것은 무엇일까?

( ) 속에 들어갈 적합한 단어를 쓰시오.

1. 기차가 터널을 통과해 지나갔다.
The train passed ( ) the tunnel.

2. 모든 사람이 뉴턴과 같은 사람이 될 수는 없다.
( ) man cannot be a Newton.

3. 그는 기타를 손으로 연주한다.
He ( ) the guitar with his hand.

4. 그 여자는 창문을 통해서 그것을 던져버렸다.
She threw it ( ) the window.

5. 모든 학생들이 노래를 하고 있다.
Every student ( ) singing.

78

? **영어 수수께끼** 정답 : 맨 뒷 페이지 [부록] 에 수록

It is a vegetable. It grows in the ground.
It is round.
It has a strong taste and smell.
People eat them on sandwiches and in soup.
What is it?

 단어정리

vegetable _ 야채
grow _ 자라다
ground _ 땅
round _ 둥근
strong _ 강한, 진한
taste _ 맛, ~맛이 나다
smell _ 냄새, ~냄새가 나다

韓 **수수께끼 한글 뜻**

그것은 야채야. 그것은 땅속에서 자라지.
그것은 둥글어.
그것은 강한 맛과 냄새가 나.
사람들은 그것들을 샌드위치와 수프에 넣고 먹어.
그것은 무엇일까?

연 습 문 제 정답 : 맨 뒷 페이지 [부록] 에 수록

(   ) 속에 들어갈 적합한 단어를 쓰시오.

1. 나는 야채 요리를 좋아한다.

I like a (   ) dish.

2. 그것은 강한 냄새가 난다.

It has a strong (   ).

3. 그것은 달콤한 맛이 난다.

It has a sweet (   ).

4. 그것은 바다에서 자란다.

It (   ) in the sea.

5. 그것은 냄새가 좋다.

It (   ) good.

79

Vehicles like it. People put it in their cars and trucks.
It is a liquid that can burn.
It burns inside the vehicle's engine.
It is another word for gasoline.
What is it?

 단 어 정 리

vehicle _ 운송수단, 탈 것(차량 등)
put _ 놓다, 넣다
car _ 승용차
liquid _ 액체
burn _ 타다
inside _ 안쪽에(서)
another _ 또 하나의, 다른
gasoline _ 휘발유   **gas** _ 가스, 휘발유(가솔린)

韓 **수수께끼 한글 뜻**

탈 것들은 그것을 좋아해.
사람들은 승용차와 트럭에 그것을 넣지.
그것은 탈 수 있는 액체야.
그것은 차량의 엔진 속에서 타지.
그것은 가솔린의 다른 단어야. 그것은 무엇일까?

( ) 속에 들어갈 적합한 단어를 쓰시오.

1. 승용차는 운송수단이다.

A car is a ( ).

2. 아버지는 그의 승용차에 휘발유를 넣는다.

My father ( ) gas in his car.

3. 물은 일종의 액체이다.

Water is a kind of ( ).

4. 그 건물이 불타고 있다.

The building is ( ).

5. 울타리(담) 안쪽에서 놀아라.

Play ( ) the fence.

80

I am an animal.

I have four legs. I am big.

I have big ears.

I eat grass. My nose is my hand.

Who am I?

 단 어 정 리

ear _ 귀

big _ 큰

small _ 작은

grass _ 풀

nose _ 코

韓 수수께끼 한글 뜻

나는 동물이야. 나는 다리가 네 개야.

나는 몸집이 커. 나는 귀가 커.

나는 풀을 먹어.

나의 코는 내 손이지

나는 누구일까?

정답 : 맨 뒷 페이지 [부록] 에 수록

(   ) 속에 들어갈 적합한 단어를 쓰시오.

1. 나는 날마다 밥을 먹는다.

I (   ) rice every day.

2. 나는 다리가 두 개다.

I have two (   ).

3. 나는 귀가 작다.

I have (   ) ears.

4. 나는 입이 크다.

I have a (   ) mouth.

5. 나는 얼굴이 길다.

I have a (   ) face.

81

영어 수수께끼 정답 : 맨 뒷 페이지 [부록] 에 수록

It is something sweet to eat.
Most of them are made from sugar.
Some of them are soft. Others are hard.
Chocolate is one kind of it.
What is it?

단 어 정 리

something _ 어떤 것
most of _ ~의 대부분
soft _ 부드러운
hard _ 딱딱한
kind _ 종류, 친절한
be made from _ ~로 만들어지다(화학적으로 변화하는 것)

수수께끼 한글 뜻

그것은 먹을 수 있는 달콤한 거야
그것들의 대부분은 설탕으로 만들어져.
그들 중 일부는 부드러워. 다른 일부는 딱딱해.
초콜릿은 그것의 한 종류지.
그것은 무엇일까?

(   ) 속에 들어갈 적합한 단어를 쓰시오.

1. 먹을 것 좀 주세요.

Please give me something (   ) eat.

2. 우리들 대부분은 정직하다.

(   ) of us are honest.

3. 그것은 일종의 과일이다.

It is a (   ) of fruit.

4. 나는 단 것을 좋아한다.

I like something (   ).

5. 치즈는 우유로 만들어진다.

Cheese is made (   ) milk.

82

It's an animal. It has a very round body.
It has short legs and a curly tail.
It lives on a farm. It eats food very well.
When it's excited, it sounds, "Oink, oink!"
What is it?

 단 어 정 리

body _ 몸
curly _ 곱슬곱슬한, 동그랗게 말린
farm _ 농장
on a farm _ 농장에
excited _ 흥분한
exciting _ 신나는
oink _ 꿀꿀(의성어)

韓 수수께끼 한글 뜻

그것은 동물이야. 그것은 몸이 매우 둥글지.
그것은 다리가 짧고 꼬리가 동그랗게 말렸어.
그것은 농장에서 살아. 그것은 음식을 아주 잘 먹어.
그것이 흥분하면, '꿀꿀' 소리를 내.
그것은 무엇일까?

정답 : 맨 뒷 페이지 [부록] 에 수록

( ) 속에 들어갈 적합한 단어를 쓰시오.

1. 태양은 둥글다.

The sun is ( ).

2. 그는 곱슬머리다.

He has ( ) hair.

3. 그 동물은 농장에 살지 않는다.

The animal doesn't live ( ) a farm.

4. 나는 축구 게임을 보고 흥분했다.

I was ( ) at the soccer game.

5. 그 게임은 흥미진진했다.

The game was ( ).

83

It's a plant. We can see it in summer.
It's a fruit. It's large and juicy.
The inside of it is red and sweet.
It has black seeds.
What is it?

 단 어 정 리

fruit _ 과일
juicy _ 즙이 많은
sweet _ 맛이 단
sour _ 맛이 신
inside _ 안쪽
black _ 검은색
seed _ 씨(앗)

韓 수수께끼 한글 뜻

그것은 식물이야. 우리는 여름에 그것을 볼 수 있어.
그것은 과일이지. 그것은 크고 즙이 많이 있어.
그것은 안쪽은 빨갛고 달콤해.
그것은 검은 씨앗들이 있어.
그것은 무엇일까?

(   ) 속에 들어갈 적합한 단어를 쓰시오.

1. 우리는 그것을 가을에 먹을 수 있다.

We can eat it (   ) fall.

2. 오렌지는 즙이 많다.

Oranges are (   ).

3. 그것의 안쪽은 흰색이다.

The inside of it is (   ).

4. 그 과일의 안쪽은 녹색이고 맛이 시다.

The inside of the fruit is green and (   ).

5. 그것은 검은색 씨앗들이 있다.

It has (   ) seeds.

84

? 영어 수수께끼 정답 : 맨 뒷 페이지 [부록] 에 수록

I am an animal. I have triangle ears.
I have a long tail.
I have sharp nails. I look like a baby tiger.
I cry "meow".
Who am I?

 단 어 정 리

triangle _ 삼각형
sharp _ 날카로운
nail _ 손톱, 발톱
look like _ ～처럼 생기다(～닮았다)
tiger _ 호랑이
meow _ 야옹

韓 수수께끼 한글 뜻

나는 동물이야. 나는 귀가 삼각형이야.
나는 꼬리가 길어. 나는 날카로운 발톱이 있어.
나는 아기 호랑이처럼 생겼어.
나는 '야옹' 하고 울어.
나는 누구일까?

정답 : 맨 뒷 페이지 [부록] 에 수록

(   ) 속에 들어갈 적합한 단어를 쓰시오.

1. 그는 코가 날카롭다.
   He has a (   ) nose.

2. 그것은 머리가 큽니다.
   It has a (   ) head.

3. 그것은 다리가 길다.
   It has (   ) legs.

4. 나는 어머니를 닮았다.
   I look (   ) my mother.

5. 그는 아버지를 닮았다.
   He (   ) like his father.

85

You can ride it.
You use your feet and legs to move it.
It has a seat. It has two wheels.
You can go to school by it.
It is also called a bike. What is it?

 단 어 정 리

ride _ 타다
seat _ 좌석
wheel _ 바퀴
bike _ 자전거

韓 수수께끼 한글 뜻

너는 그것을 탈 수 있어.
너는 그것을 움직이기 위해 발과 다리를 사용해.
그것은 안장이 있어. 그것은 바퀴가 두 개야.
너는 그것을 타고 학교에 갈 수 있어.
그것은 또한 '바이크'라고 부르지. 그것은 무엇일까?

정답 : 맨 뒷 페이지 [부록] 에 수록

(   ) 속에 들어갈 적합한 단어를 쓰시오.

1. 우리 차는 5개의 좌석이 있다.

Our car has 5 (   ).

2. 그것은 4 개의 바퀴가 있다.

It has 4 (   ).

3. 나의 자전거는 바퀴가 두 개다.

My bicycle (   ) 2 wheels.

4. 나는 버스를 타고 학교에 간다.

I go to school (   ) bus.

5. 그는 지하철을 타고 학교에 간다.

He goes to school by subway (   ).

86

? **영어 수수께끼** 정답 : 맨 뒷 페이지 [부록] 에 수록

I like flowers. I can fly.
I have two wings.
I often go out with so many friends.
If you touch me, I can bite you.
I sit on flowers to get honey. Who am I?

 단 어 정 리

like _ 좋아하다
flower _ 꽃
fly _ 날다
often _ 자주
touch _ 건드리다   **if** _ 만약
bite _ 물다, 쏘다   **honey** _ 꿀
will _ ～할 것이다

韓 **수수께끼 한글 뜻**

나는 꽃들을 좋아해. 나는 날 수 있어. 나는 날개가 두 개야.
나는 자주 아주 많은 친구들과 외출을 해.
네가 나를 건드리면, 나는 너를 쏠 수 있어.
나는 꿀을 얻기 위해 꽃들 위에 앉아.
나는 누구일까?

( ) 속에 들어갈 적합한 단어를 쓰시오.

1. 나는 동물을 좋아한다.

I ( ) animals.

2. 그는 스포츠를 좋아한다.

He ( ) sports.

3. 그 여자는 음악 듣는 것을 좋아한다.

She likes listening to ( ).

4. 만약 날씨가 추우면, 나는 외출하지 않을 것이다.

( ) it is cold, I will not go out.

5. 만약 날씨가 좋으면, 우리는 내일 소풍 갈 것이다.

If it is fine, we ( ) go on a picnic tomorrow.

87

It's a metal piece.
We usually have more than one. It's small.
We use it to open or lock a door. It fits into a lock.
It can make a car start.
What is it?

단 어 정 리

more than _ ～이상

lock _ 잠그다, 자물쇠

fit _ ～에 맞다(적합하다)

make _ 만들다, ～하게 하다(시키다)

start _ 시작하다, 시동 걸다

韓 수수께끼 한글 뜻

그것은 금속 조각이야. 우리는 대개 하나 이상이 있지.
그것은 작아.
우리는 출입문을 열거나 잠그기 위해 그것을 사용해.
그것은 자물쇠 안에 딱 맞아. 그것은 차 시동을 걸 수 있지.
그것은 무엇일까?

정답 : 맨 뒷 페이지 [부록] 에 수록

( ) 속에 들어갈 적합한 단어를 쓰시오.

1. 창문을 열어주시겠어요?

Would you ( ) the window?

2. 너는 출입문 잠글 수 있니?

Can you ( ) the door?

3. 나는 그가 그것을 하도록 시키겠다.

I'll ( ) him do it.

4. 나는 그 여자가 자신의 방을 청소하게 시키겠다.

I'll make ( ) clean her room.

5. 나는 그가 손을 씻도록 시키겠다.

I'll make him ( ) his hands.

88

? 영어 수수께끼 정답 : 맨 뒷 페이지 [부록] 에 수록

It's an animal. It's large. It's wide.
Its fur is yellow and black.
Its eyes are burning, so they look fearful.
It's a symbolic animal of Korea.
What is it?

단 어 정 리

fur _ 털가죽

burn _ 불타다

burning _ 불타는

fearful _ 무서운

symbolic _ 상징적인

韓 수수께끼 한글 뜻

그것은 동물이야. 그것은 커. 그것은 넓어.
그것의 털가죽은 노란색과 검은색이 섞여 있어.
그것의 눈은 불타서 그것들은 무서워 보여.
그것은 한국을 상징하는 동물이지.
그것은 무엇일까?

연 습 문 제 정답 : 맨 뒷 페이지 [부록] 에 수록

( ) 속에 들어갈 적합한 단어를 쓰시오.

1. 나는 공부를 하는 중이다.

I am ( ) now.

2. 제인은 피아노를 치는 중이다.

Jane is ( ) the piano.

3. 너는 지금 무엇을 하고 있는 중이니?

What are you ( ) now?

4. 그것은 아름답게 보인다.

It looks ( ).

5. 그들은 사랑스럽게 보인다.

They ( ) lovely.

89

? **영어 수수께끼** 정답 : 맨 뒷 페이지 [부록] 에 수록

I am very big. I have long sharp teeth.
I have a long tail. I lived on earth long ago.
Now I don't live on earth.
You can see me in movies.
Who am I?

 단 어 정 리

sharp _ 날카로운

teeth _ 이빨(복수)

earth _ 지구

on earth _ 지구상에

movie _ 영화

韓 수수께끼 한글 뜻

나는 매우 몸집이 커. 나는 이빨들이 길고 날카로워.
나는 꼬리가 길어. 나는 오래전에 지구에 살았어.
지금 나는 지구에 살지 않아.
너는 영화에서 나를 볼 수 있지.
나는 누구일까?

연 습 문 제 정답 : 맨 뒷 페이지 [부록] 에 수록

( ) 속에 들어갈 적합한 단어를 쓰시오.

1. 공룡은 한국에 살지 않는다.

Dinosaurs don't live ( ) Korea.

2. 그것은 지구에 살지 않는다.

It doesn't live ( ) earth.

3. 나는 서울에 살지 않는다.

I ( ) live in Seoul.

4. 그는 10년 전에 인천에 살았다.

He ( ) in Incheon 10 years ago.

5. 그 여자는 머리가 길다.

She has ( ) hair.

90

? **영어 수수께끼** 정답 : 맨 뒷 페이지 [부록] 에 수록

It has a shell. We can see it at home.
We can eat it. It's oval or round.
Hens or birds lay it.
We can fry it.
What is it?

 단 어 정 리

shell _ 껍질
oval _ 타원형의
hen _ 암탉
bird _ 새
lay _ 놓다, 낳다
fry _ 튀기다
egg _ 달걀, (새 등의) 알

韓 **수수께끼 한글 뜻**

그것은 껍질이 있어. 우리는 집에서 그것을 볼 수 있어.
우리는 그것을 먹을 수 있지. 그것은 타원형이나 둥글어.
닭이나 새들이 그것을 낳지.
우리는 그것을 프라이할 수 있어.
그것은 무엇일까?

(   ) 속에 들어갈 적합한 단어를 쓰시오.

1. 거위들은 알을 낳는다.

Geese (   ) eggs.

2. 나는 책상 위에 책 한 권을 놓았다.

I laid a book (   ) the desk.

3. 그는 프라이한 달걀을 좋아한다.

He likes a (   ) egg.

4. 독수리들은 알을 낳는다.

Eagles lay (   ).

5. 나는 튀긴 감자 칩을 좋아한다.

I like fried (   ) chips.

91

When I come, many people become happy.
When I come, many people give gifts each other.
When I come, all the family get together and
have a party.
When I come, many people want to buy trees.
When I come, many people go to church.
When I come, many children wait
for Santa Claus. Who am I?

단 어 정 리

gift _ 선물
each other _ 서로
get together _ 모이다
have(hold) a party _ 파티를 열다
church _ 교회

수수께끼 한글 뜻

내가 오면, 많은 사람들은 행복해져.
내가 오면, 많은 사람들은 서로에게 선물을 줘.
내가 오면, 모든 가족이 함께 모여 파티를 해.
내가 오면, 많은 사람들이 나무를 사기를 원해.
내가 오면, 많은 사람들이 교회에 가지.
내가 오면, 많이 아이들이 산타클로스를 기다려.
나는 누구일까?

(   ) 속에 들어갈 적합한 단어를 쓰시오.

1. 우리는 일요일마다 함께 모인다.

We get (   ) every Sunday.

2. 나는 이번 토요일에 파티를 열 것이다.

I'll (   ) a party this Sunday.

3. 나는 나의 친구를 기다리고 있는 중이다.

I am waiting (   ) my friend.

92

? 영어 수수께끼 정답 : 맨 뒷 페이지 [부록] 에 수록

It is a kind of bird.
It has small wings.
It is black and white.
It lives by the sea.
It lives where it is very cold.
It uses its wings to dive and swim but not to fly.
What is it?

 단 어 정 리

kind _ 종류, 친절한   **a kind of** _ 일종의
sea _ 바다
where _ 어디에, ~한 곳에서
by _ ~옆에, ~가에
dive _ 다이빙하다
but _ 그러나, ~이지만

韓 수수께끼 한글 뜻

그것은 일종의 새야. 그것은 날개가 작아.
그것은 검은색과 흰색이 섞여 있어.
그것은 바닷가에 살지.
그것은 매우 추운 곳에 살아.
그것은 날기 위해서가 아니라 잠수하고 수영하기 위해 날개
를 사용해.
그것은 무엇일까?

(   ) 속에 들어갈 적합한 단어를 쓰시오.

1. 그는 날이 더운 곳에 산다.

He lives (   ) it is hot.

2. 그 소년은 작지만 힘이 세다.

The boy is small (   ) strong.

3. 그는 해외에 가기 위해서 돈을 저축한다.

He saves money (   ) go abroad.

93

It is a toy you ride.
It is a low, flat board.
It has wheels on the bottom.
You ride it with one foot.
It's a little dangerous to ride.
Some riders can spin, turn, and jump on them.
What is it?

 단 어 정 리

ride _ 타다   **low** _ 낮은
flat _ 평평한   **board** _ 판자
dangerous _ 위험한
rider _ 타는 사람
a little _ 약간(의)
spin _ 회전하다

韓 수수께끼 한글 뜻

그것은 네가 타는 장난감이야.
그것은 낮고 평평한 판자야. 그것은 바닥에 바퀴가 있어.
너는 한 발로 그것을 타지.
그것은 타기에 조금 위험해.
일부 타는 사람들은 그걸 탄 채로 회전하고 돌고 점프할 수
있지.
그것은 무엇일까?

연 습 문 제 정답 : 맨 뒷 페이지 [부록] 에 수록

(   ) 속에 들어갈 적합한 단어를 쓰시오.

1. 그것은 일종의 과일이다.

It's a (   ) of fruit.

2. 그것을 한 손으로 돌려라.

Turn it (   ) one hand.

3. 차를 운전하는 것은 위험하다.

It's (   ) to drive a car.

94

It's an animal.
Most people like it very much.
It likes people very much.
It has four legs and a tail.
It usually has its own house.
It can live inside the house.
It makes a barking sound. What is it?

 단 어 정 리

most _ 대부분의
own _ 자신의
bark _ 짖다
barking _ 짖는

韓 수수께끼 한글 뜻

그것은 동물이야. 대부분의 사람들은 그것을 아주 좋아해.
그것은 사람들을 아주 좋아해.
그것은 네 개의 다리와 꼬리가 있어.
그것은 대개 자신의 집이 있어.
그것은 집 내부에서 살 수 있지.
그것은 짖는 소리를 내.
그것은 무엇일까?

( ) 속에 들어갈 적합한 단어를 쓰시오.

1. 대부분의 사람들은 음악을 좋아한다.

( ) people like music.

2. 많은 어린이들은 아이스크림을 좋아한다.

( ) children like ice cream.

3. 약간의 소녀들은 스포츠를 좋아하지 않는다.

( ) girls don't like sports.

95

? **영어 수수께끼** 정답 : 맨 뒷 페이지 [부록] 에 수록

Young people like it very much.
Most young people have it. It's a machine.
It keeps a lot of information.
You can listen to music with it.
You can play the games with it.
You can send the mail to another with it.
What is it?

 단 어 정 리

young _ 어린, 젊은
keep _ 보관하다
information _ 정보
send _ 보내다
another _ 또 하나의, 다른(것, 사람)

韓 수수께끼 한글 뜻

젊은(어린) 사람들은 그것을 좋아해.
대부분의 젊은이들은 그것이 있어. 그것은 기계야.
그것은 많은 정보를 보관해.
너는 그것으로 음악을 들을 수 있어.
너는 그것으로 게임을 할 수 있어.
너는 그것으로 다른 사람에게 메일을 보낼 수 있지.
그것은 무엇일까?

(   ) 속에 들어갈 적합한 단어를 쓰시오.

1. 나는 이것을 내 방에 보관할 것이다.

I'll (   ) this in my room.

2. 나의 어머니는 음악 듣는 것을 좋아한다.

My mother likes listening (   ) music.

3. 내가 너에게 이메일 보낼 게.

I'll (   ) you an email.

96

? **영어 수수께끼** 정답 : 맨 뒷 페이지 [부록] 에 수록

I am round. Most people like me.
I usually roll.
Many people have me.
I am used in most sports.
People can hit me, throw me, or kick me.
I can make all the world happy.
Who am I?

 단 어 정 리

roll _ 구르다
hit _ 치다
throw _ 던지다
or _ 또는
kick _ 차다
world _ 세계(상)

韓 **수수께끼 한글 뜻**

나는 둥글어. 대부분의 사람들은 나를 좋아해.
나는 대개 굴러.
많은 사람들은 내가 있어.
나는 많은 스포츠에서 사용되지.
사람들은 나를 치거나 던지고 찰 수 있어.
나는 온 세상을 행복하게 해줄 수 있어.
나는 누구일까?

( ) 속에 들어갈 적합한 단어를 쓰시오.

1. 나는 너를 행복하게 해줄 수 있다.

I can ( ) you happy.

2. 그는 나를 편안하게 해준다.

He ( ) me comfortable.

3. 나를 슬프게 하지 마라.

Don't make me ( ).

97

 영어 수수께끼 정답 : 맨 뒷 페이지 [부록] 에 수록

It's a bird.
It's large. It lives in a nest.
It has big wings.
It flies high in the air.
It has a curved beak.
It is called a king of birds.
What is it?

 단 어 정 리

nest _ 둥지
high _ 높이
curved _ 구부러진
beak _ 부리
king _ 왕
call _ 부르다

韓 수수께끼 한글 뜻

그것은 새야. 그것은 커.
그것은 둥지에 살아.
그것은 날개가 커.
그것은 공중에서 높이 날지.
그것은 구부러진 부리가 있어.
그것은 새들의 왕이라고 부르지.
그것은 무엇일까?

(   ) 속에 들어갈 적합한 단어를 쓰시오.

1. 나는 연을 날릴 수 있다.

I can (   ) a kite.

2. 그것은 곡선의(구부러진) 도로이다.

It's a (   ) road.

3. 그것은 동물의 왕이라고 불리워진다.

It is (   ) a king of animals.

98

영어 수수께끼 정답 : 맨 뒷 페이지 [부록] 에 수록

It is very hot and bright.
It can be useful or dangerous.
We use it to cook food.
It happens when something burns.
It can burn houses or mountains.
There is a car to put it out.
It doesn't like water. What is it?

 단 어 정 리

bright _ 밝은
useful _ 유용한
dangerous _ 위험한
cook _ 요리하다
happen _ 발생하다   mountain _ 산
put out _ (불을) 끄다

韓 수수께끼 한글 뜻

그것은 아주 뜨겁고 밝아.
그것은 유용하거나 위험할 수 있어.
우리는 음식을 요리하기 위해 그것을 사용해.
그것은 무언가가 탈 때 발생하지.
그것은 집이나 산을 태울 수 있어.
그것을 끄는 차가 있어.
그것은 물을 좋아하지 않지. 그것은 무엇일까?

연 습 문 제 정답 : 맨 뒷 페이지 [부록] 에 수록

( ) 속에 들어갈 적합한 단어를 쓰시오.

1. 물은 아주 유용하다.

Water is very ( ).

2. 전쟁은 위험하다.

Wars are ( ).

3. 물은 불을 끕니다.

Water puts ( ) a fire.

99

 영어 수수께끼 정답 : 맨 뒷 페이지 [부록] 에 수록

I'm very old but I'm your friend.
Every child likes me.
I work for just one day a year.
I know whether you are a good child or not.
I have a friend who has a red and bright nose.
I visit your house on Christmas Day.
I give you a gift. Who am I?

 단 어 정 리

every _ 모든
work _ 일하다
just _ 단지
whether _ ～인지
bright _ 빛나는, 밝은
gift _ 선물

 수수께끼 한글 뜻

나는 매우 늙었지만 너의 친구야.
모든 아이들은 나를 좋아해.
나는 일 년에 단지 하루 동안 일하지.
나는 네가 착한 아이인지 아닌지 알아.
나는 빨갛고 빛나는 코가 있는 친구가 있어.
나는 크리스마스 날 너의 집을 방문하지.
나는 너에게 선물을 줘. 나는 누구일까?

연 습 문 제 정답 : 맨 뒷 페이지 [부록] 에 수록

( ) 속에 들어갈 적합한 단어를 쓰시오.

1. 모든 어린이들은 산타클로스를 기다린다.

( ) child waits for Santa Claus.

2. 나는 이번 여름에 삼촌 집을 방문할 것이다.

I will ( ) my uncle's house this summer.

3. 나는 그것이 좋은지 나쁜지 모른다.

I don't know ( ) it's good or bad.

100

? 영어 수수께끼 정답 : 맨 뒷 페이지 [부록] 에 수록

It's an animal.
It's small. It can fly.
It has long, stretchy wings.
It has a body like a mouse.
It likes caves.
It lives in dark places.
What is it?

 단 어 정 리

stretchy _ 펴지는, 늘어나는
like _ ~같은, 좋아하다
mouse _ 생쥐
cave _ 동굴
dark _ 어두운
place _ 장소

韓 수수께끼 한글 뜻

그것은 동물이야. 그것은 작아.
그것은 날 수 있어.
그것은 길고 펴지는 날개가 있어.
그것은 생쥐와 비슷한 몸이 있어.
그것은 동굴을 좋아해.
그것은 어두운 곳들에서 살아.
그것은 무엇일까?

( ) 속에 들어갈 적합한 단어를 쓰시오.

1. 그것은 박쥐같은 몸을 가지고 있다.

It has a body ( ) a bat.

2. 그것은 어두운 동굴에 산다.

It lives a dark ( ).

3. 그 여자는 새처럼 노래한다.

She sings ( ) a bird.

부록 – 정답

수수께끼 / 연습문제 – 정답

1. **An eye(eyes)(눈)** / 1. nose 2. can 3. play 4. everything 5. part

2. **A bank(은행)** / 1. to 2. place 3. play 4. to 5. swim

3. **Snow(눈)** / 1. white 2. sky 3. see 4. in 5. falls

4. **A baby(아기)** / 1. talk 2. cannot 3. sleep 4. young 5. walk

5. **A rainbow(무지개)** / 1. in 2. on 3. under 4. have 5. has

6. **A banana(바나나)** / 1. animal 2. student 3. short 4. tall 5. round

7. **An airplane(비행기)** / 1. like 2. when 3. like 4. When 5. Take

8. **A chair(의자)** / 1. legs 2. arms 3. wings 4. his 5. her

9. **A doll(인형)** / 1. kind 2. like 3. her 4. likes 5. kind

10. **A bird(새)** / 1. plant 2. run 3. swim 4. neck 5. ears

11. **A watch(시계)** / 1. small 2. big 3. tall 4. wear 5. Say

12. **A book(책)** / 1. wood 2. stone 3. are 4. is 5. say

13. **A kangaroo(캥거루)** / 1. swim 2. ride 3. arms 4. candy 5. coin, his

14. **A monkey(원숭이)** / 1. long 2. short 3. like 4. long, short 5. looks, like

15. **A church(교회)** / 1. sing 2. play 3. swim, every 4. to 5. every

16. **A crayon(크레용)** / 1. many 2. use 3. much 4. many 5. use

17. **A kitchen(부엌)** / 1. One 2. Many 3. Two 4. have 5. has

18. **A library(도서관)** / 1. where 2. a lot of 3. where 4. from 5. when

19. A map(지도) / 1. where 2. what 3. show 4. showed 5. who

20. Money(돈) / 1. of 2. from 3. of 4. what 5. What

21. Moon(달) / 1. far 2. away 3. usually 4. bright 5. Can

22. A napkin(냅킨) / 1. piece 2. piece 3. Wipe 4. when 5. Wipe

23. A television(텔레비전) / 1. watching 2. machine 3. shows 4. cartoon
5. singing

24. A car(승용차) / 1. wheels 2. legs 3. car 4. windows 5. seats

25. A ship(배) / 1. train 2. bicycle 3. carry 4. by 5. carries

26. A door(출입문) / 1. Open 2. Close 3. When, close 4. when 5. open

27. A fork(포크) / 1. writing 2. from 3. for 4. different 5. from

28. A birthday(생일) / 1. day 2. was 3. special 4. day 5. remember

29. A cloud(구름) / 1. have 2. play 3. cannot 4. play 5. cannot

30. The traffic light(교통신호등) / 1. help 2. green 3. When 4. help 5.
When

31. A toothbrush(칫솔) / 1. after 2. before 3. clean 4. After 5. clean

32. Fall(가을) / 1. season 2. after 3. before 4. year 5. Spring

33. A nurse(간호사) / 1. helps 2. clean 3. care 4. wash 5. of

34. A desk(책상) / 1. paper 2. cake 3. of 4. piece 5. of

35. The sun(태양) / 1. food 2. gives 3. cold 4. makes 5. gives

36. A house(집) / 1. live 2. river 3. keep 4. lives 5. keep

37. An eraser(지우개) / 1. to 2. useful 3. Food 4. Air 5. is

38. A phone;telephone(전화) / 1. seeing 2. machine 3. than 4. for 5. than

39. A bed(침대) / 1. play 2. to 3. place 4. to 5. play

40. A mailbox(우체통) / 1. watching 2. playing 3. best 4. enjoys 5. food

41. A sock;socks(양말) / 1. hands 2. covers 3. wear 4. covers 5. wear

42. A radio(라디오) / 1. don't 2. doesn't 3. in 4. have 5. on

43. Ice(얼음) / 1. cold 2. hot 3. warm 4. soft 5. hard

44. A seesaw(시소) / 1. bicycle 2. ride 3. moves 4. move 5. Sit

45. A hare(산토끼) / 1. slowly 2. short 3. blue 4. run 5. long, big

46. A helmet(헬멧) / 1. Cover 2. from 3. wearing 4. riding 5. hard

47. A kite(연) / 1. toy 2. makes 3. make 4. of 5. string

48. A Puzzle(퍼즐) / 1. without 2. Some 3. Others 4. Try 5. fun

49. A giraffe(기린) / 1. big 2. small 3. short 4. long 5. grass

50. A butterfly(나비) / 1. like 2. don't 3. her 4. doesn't 5. them

51. A glove;Gloves(장갑) / 1. lot 2. friends 3. need 4. friend 5. keeps

52. A mirror(거울) / 1. yourself 2. myself 3. watch 4. Look 5. see

53. Shoes(신발) / 1. must 2. go 3. protect 4. of 5. metal

54. Ping-pong(탁구) / 1. drink 2. to 3. something 4. use 5. bathroom

55. A snake(뱀) / 1. of 2. afraid 3. don't 4. have 5. tongue

56. Honey(꿀) / 1. sour 2. salty 3. hot 4. get 5. from

57. A frog(개구리) / 1. walk 2. run 3. when 4. hot 5. stay

58. Milk(우유) / 1. him 2. me 3. don't 4. doesn't 5. but

59. A spider(거미) / 1. arms 2. wings 3. four 4. feet 5. doesn't

60. Rice(쌀) / 1. rice 2. juice 3. fruit 4. by 5. him

61. A cake(케익) / 1. spoken 2. Korean 3. seen 4. called 5. built

62. Moon(달) / 1. changed 2. be 3. see 4. in 5. evening

63. A piano(피아노) / 1. fruit 2. black 3. musical 4. kind 5. play

64. An ice cream(아이스크림) / 1. from 2. of 3. of 4. of 5. from

65. A school(학교) / 1. learn 2. math 3. swim 4. learns 5. to

66. Ketchup(케첩) / 1. thin 2. thick 3. liquid 4. from 5. of

67. Sea(바다) / 1. sweet 2. sour 3. lot 4. much 5. books

68. A belt(벨트) / 1. thin 2. round 3. waist 4. various 5. shape

69. A coin(동전) / 1. piggy 2. coin 3. cents 4. nickels 5. dimes

70. A calendar(달력) / 1. sections 2. date 3. March 4. today 5. Monday

71. A can(캔) / 1. Hold 2. holds 3. Open 4. door 5. book

72. A grape(포도) / 1. juicy 2. soft 3. purple 4. grows 5. grew

73. A star(별) / 1. far 2. away 3. handsome 4. pretty 5. looks

74. A turtle(거북이) / 1. soft 2. hide 3. long 4. fast 5. hide

75. Soap(비누) / 1. wash 2. where 3. clean 4. bathroom 5. doesn't

76. An iron(다리미) / 1. tool 2. heavy 3. handle 4. to 5. smooth

부록 – 정답

77. A harmonica(하모니카) / 1. through 2. Every 3. plays 4. through 5. is

78. Onion(양파) / 1. vegetable 2. smell 3. taste 4. grows 5. smells

79. Gas(휘발유) / 1.vehicle 2.puts 3.liquid 4.burning 5.inside

80. An elephant(코끼리) / 1. eat 2. legs 3. small 4. big 5. long

81. Candy(사탕) / 1. to 2. Most 3. kind 4. sweet 5. from

82. A pig(돼지) / 1. round 2. curly 3. on 4. excited 5. exciting

83. A watermelon(수박) / 1. in 2. juicy 3. white 4. sour 5. black

84. A cat(고양이) / 1. sharp 2. big 3. long 4. like 5. looks

85. A bicycle(자전거) / 1. seats 2. wheels 3. has 4. by 5. train

86. A bee(벌) / 1. like 2. likes 3. music 4. If 5. will

87. A key(열쇠) / 1. open 2. lock 3. make 4. her 5. wish

88. A tiger(호랑이) / 1. studying 2. playing 3. doing 4. beautiful 5. looks

89. A dinosaur(공룡) / 1. in 2. on 3. don't 4. lived 5. long

90. An egg(달걀) / 1. lay 2. on 3. fried 4. eggs 5. potato

91. Christmas(크리스마스) / 1. together 2. have(hold) 3. for

92. A penguin(펭귄) / 1. where 2. but 3. to

93. A skateboard(스케이트보드) / 1. kind 2. with 3. dangerous

94. A dog(개) / 1. Most 2. Many 3. some

95. A computer(컴퓨터) / 1. keep 2. to 3. send

96. A ball(공) / 1. make 2. makes 3. sad

97. An eagle(독수리) / 1. fly 2. curved 3. called

98. Fire(불) / 1. useful 2. dangerous 3. out

99. Santa Claus(산타클로스) / 1. Every 2. visit 3. whether

100. A bat(박쥐) / 1. like 2. cave 3. like

memo

memo

memo

memo

memo

초등학생 영어 단어 학습을 위한

쉽고 재미있는 영어수수께끼

초판1쇄 2019년 1월 31일

지은이 ㅣ 김완수
펴낸이 ㅣ 채주희
펴낸곳 ㅣ 해피&북스
등록번호 ㅣ 제13-1562호(1985.10.29.)
등록주소 ㅣ 서울시 마포구 신수동 448-6
전화 ㅣ (02)323-4060, 6401-7004
팩스 ㅣ (02)323-6416
이메일 ㅣ elman1985@hanmail.net
홈페이지 ㅣ www.elman.kr
ISBN ㅣ 978-89-5515-645-4

값 12,800원